KB036324

웨스트코스트 블루스

이 도서의 국립중앙도서관 출판시도서목록(CIP)은 서지정보유통지원시스템
홈페이지(http://seonji.nl.go.kr)와 국가자료공동목록시스템(http://www.nl.go.kr/kolisnet)에서
이용하실 수 있습니다. (CIP제어번호: CIP2020021328)

Le petit bleu de la côte ouest
by Jean-Patrick MANCHETTE
© Éditions Gallimard 1977
Korean translation copyright © EunHaeng NaMu Publishing Co., Ltd. 2020

Published by arrangement with Éditions Gallimard
through Sibylle Books Literary Agency, Seoul.

웨스트코스트 블루스

LE PETIT BLEU DE LA CÔTE OUEST

장파트리크 망셰트 장편소설

박나리 옮김

은행나무

차례

｜ 일러두기 ｜

1. 이 책의 번역 저본으로는 Jean-Patrick Manchette, *Le petit bleu de la côte ouest* (Éditions Gallimard, 2014)를 사용했습니다.
2. 원문의 이탤릭체가 강조의 의미일 경우 고딕체로 표기했습니다.
3. 본문의 주는 옮긴이의 것입니다.

예술가에게 가장 큰 위험 중 하나는 전문화(專門化)다.

어느 정도 시간이 흐르고 나면 일을 처리하는 법을 익히기 마련이다. 어떻게 등장인물에게 생명을 부여하고 한 장면에서 다음 장면으로 넘어가며 긴장감을 고조시키는지 따위를 말이다. 이미 지나온 길을 다시 가는 일이 무척이나 쉬워진다. 창조력은 고갈된다. 반짝이는 재기도, 전작(前作)에서 보여줬던 역량도 잃을 수 있다.

또한 작가로서 우리는 이 글쓰기라는 작업이 수반하는 불안감과 상업적 성격에 점점 더 얽매이게 된다. 다음 책을 내고 교정쇄와 계약서를 검토하며 인터뷰나 낭독회를 하는 일 등 말이다. 차츰차츰 처음의 열정과 멀어지고, 애초에 이 일을 그토록 하고 싶어 했던 이유들을 망각할 수도 있다.

그리하여 우리는 과거로 눈을 돌리게 된다.

뮤지션들은 독 보그스*나 바흐, 찰리 크리스천**을 듣고, 예술가들은 원시 회화나 조각으로 되돌아간다. 작가들은 《돈키호테》와 스탕달, 《율리시스》, 보들레르, 레이먼드 챈들러 같은 고전을 다시 읽는다.

그리고 때로는 우리를 위해 그 임무를 맡은, 전혀 새로운 작가와 조우하기도 한다.

때로는 과거의 일이 현재진행형으로 일어나기도 한다. 조르주 제르포는 외곽순환도로를 달리는 중이다. 포르트디브리를 통과해서 들어왔다. 지금 시각은 새벽 2시 반, 아니 어쩌면 3시 15분. (…) 포어로제스 버번위스키를 다섯 잔 마셨고, 세 시간 전쯤에는 효과 센 진정제도 두 알 먹었다. (…)

조르주 제르포는 마흔이 채 되지 않은 사내다. 차는 철회색 메르세데스. 가죽 시트뿐 아니라 자동차 내부 장식 전체가 마호가니색이다. 조르주 제르포의 내면은 어둡고 혼란스럽다.

* 1920년대 싱어송라이터, 밴조 연주자. 현대 포크 음악의 탄생에 큰 기여를 했다.
** 오늘날 재즈기타의 지위를 확립했다고 알려진 1930년대 천재 재즈기타리스트.

그 안에서 막연하게나마 좌파적 견해가 엿보인다. (…)

조르주가 올해 최소 두 명을 죽였다는 사실은 고려 사항이 아니다. 현재진행형의 일은 때로는 과거의 일이기도 하다.

희열감이 느껴졌다. 어려서 책을 읽기 시작했을 무렵 느꼈던 감정 혹은 레이먼드 챈들러나 시어도어 스터전*, 레몽 크노, 알베르 카뮈를 발견했을 때 느꼈던 경탄과 놀람이 고스란히 되살아났다. 이 독특한 내적 고양감이라니. 이야기가 그저 감동을 선사하는 것이 아니라, 내 안에서, 나의 고유한 삶 속에서 있는 힘껏 태어나는 듯한 감각 말이다. 책을 읽을 때면 나는 늘 어두운 방을 비추는 동그란 빛 한가운데에 앉아 있었다. 불이 꺼졌더라면 어둠 속에서 나 스스로 환한 빛을 발했을 터였다.

*

앞서 내가 언급한 작가들의 책은 무미건조했고 군더더기 하나 없었다. 그들의 이야기 속 모든 것—액션, 암시, 나열된 사물, 엄선된 표현, 날씨, 시간대, 페이지에 문장이 놓

---

* 20세기 전반의 가장 영향력 있는 SF 작가.

이는 방식 등이 이러한 추진력에 일조했다. 이야기들이 제 스스로 **생동했다**. 이야기는 등장인물들을 실어 날랐던 바로 그 가차 없는 급류 속으로 독자 여러분을 **빠뜨렸다**. 대실 해밋은 살인 사건이라는 소재를 아름다운 저택과 고성에서 끄집어내 현실 속 살인자들에게로 돌려보냈다. 초라한 방과 형편없는 건물 정면, 큼직한 현관과 업무용 출입구 따위를 가지고 레이먼드 챈들러는 호사로운 생활에 숨겨진 이면, 저버린 약속이라는 이미지를 만들어냈다. 도로와 거리들이 그들의 책을 가로지르며 경쾌히 노래했다. 커튼은 바람에 제멋대로 나부꼈고, 그곳, 커튼으로 가려져 있던 숨막히도록 작은 방 안에서 사회의 진정한 동력—탐욕과 폭력—은 전력(全力)으로 돌아갔다.

장파트리크 망셰트는 그 모든 것을 알았다.

그는 범죄소설이 '우리 시대의 가장 위대한 윤리 문학'임을 알았다.

*

몇 년 후, 나는 또 다른 방, 또 다른 도시, 또 다른 삶 속의 동그란 빛 한가운데에 앉아 있다. 하지만 이번에는 읽는 것이 아니다. 나는 글을 쓴다.

어느 화창한 가을날이었고 그는 뉴욕에서부터 쉬지 않고 달렸다. 이틀을 완전히, 전부 다 할애했다. 지치다 못해 기진 맥진하고 녹초가 됐을 것이 분명했지만, 사실 그렇지는 않았다. 그는 주기적으로 짬을 내어 뭔가를 먹으러 들렀다. 볼보의 따뜻한 인조가죽 좌석에서 그와 상당히 비슷한 쇼니스, 데니스, 유니언 76 같은 도로변 간이식당 좌석으로 갈아탔다. 조수석과 그 바닥에는 딱딱한 비스킷 더미와 치즈 부스러기, 탄산수병, 빈 일회용 커피 잔, 와사비 완두콩 따위가 널브러져 있었다. 그가 떠나온 예전의 세계에서는 나뭇잎 끝이 진홍색으로, 노란색으로, 주홍색으로, 황금색으로 물들기 시작했다. 이제는 피닉스를 떠나 사막으로 들어선다. 피닉스, 그가 지금껏 경험한 유일한 안식처 같은 그곳을 떠나서. 열린 창문 사이로 청명한 아침 공기가 들이닥친다. 그는 어느 타조 농장 앞을, 가시덤불과 촐라 선인장들 사이에 세워진 어느 원시 제단처럼 생긴 기우뚱한 거대 돌무덤 앞을, 인적 없는 도로변에서 불타고 있는 자동차 앞을 지나친다. 카 라디오에서 노래가 흘러나온다. 언뜻 기억나기로는 자신이 이제 '과거'로 여기는 그 시절의 노래다. 그는 행복하다. 기이하게도 이는 그가 곧 죽을 것이라든가 혹은 지난달 자신이 네 사람을 죽였다는 사실과는 아무 상관이 없다.

나는 글쓰기를 멈추고 페이지 상단으로 되돌아간다. 그리고 '폭력을 위한 협주곡과 관현악'이라는 제목 아래에 '장 파트리크 망셰트를 기리며'라는 문장을 덧붙인다.*

망셰트의 작품은 당대에 그의 작품이 프랑스 추리문학을 뒤흔들어 활기를 불어넣었던 것과 아주 유사하게 나의 작품에 활력을 불어넣었던 것 같다. 마치 새로운 피를 수혈받은 것처럼.

그 이전에도 이후에도, 나는 어느 작가에게 이토록 공개적으로 경의를 표했던 적이 없다. 그와 나의 숨결이 하나로 섞여들 정도로, 망셰트는 내게 큰 영향을 미쳤다. 이 숨결—망셰트가 새겨놓은 이 열정, 진흙투성이 밑바닥에서 솟아오른 이러한 광채는 그 후로 몇 년간, 내가 《드라이브(Drive)》를 집필할 때까지도 계속 내 안에 머물러 있었다.

*

11년간 열 편의 소설. 이것이 그가 지닌 소설가 경력의 전부다.

---

* 존 하비(John Harvey) 편저, 《소년에서 남자로(Men from boys)》, 윌리엄 하이네만 출판사(William Heinemann), 2003.

소설가가 되기 전후로 그는 잡지 편집장이었고 영화비평가였으며 드라마·영화 시나리오 작가였을 뿐 아니라 로스 토머스, 도널드 웨스틀레이크, 앨런 무어 등의 번역자였다. 뛰어난 추리문학 평론을 다수 쓰기도 했다. 1989년에 망셰트는 췌장암 선고를 받았다. 이후 1995년에 53세의 나이로 파리에서 사망했다. 《피의 공주(La Princesse du Sang)》를 미완으로 남겼는데, 이 작품은 전후(戰後)에서부터 오늘날에 이르기까지 각기 10년간을 다루는 장대한 5부작의 첫 권이 될 예정이었다.

망셰트의 트릭—작품 내부에서 핵심을 지탱하는 골격—은 간결하고 본질적이며 전형적이다. 복수, 도주, 살인자들의 말로, 필사적인 탐색, 전혀 예상치 못한 폭력 세계 속으로 떨어진 평범한 사람들……. 그는 단순한 이야기를 한다. 이런 일이 닥쳤고 이렇게 되었다, 라고. 그리고 의식하지 못하는 사이 일종의 책략에 의해 궁지에 몰린 사람들에 관한 그의 이야기들은 자본주의의 팽배와 절대 권력, 엔터테인먼트와 쇼비즈니스에 대한 자본주의의 지배를 고발하는 형태로 탈바꿈한다. 망셰트는 상스러운 것과 세련된 것을 병치하고, 일상생활의 묘사와 극도로 폭력적인 장면을—보통은 함축적으로—번갈아 보여준다. 그럼으로써 부르주아 생활을 향한 수없는 환상에 문제를 제기하고, 컨슈머리

즘, 안락, 관습에서 벗어난 삶이 가능한지 질문한다.

대실 해밋처럼, 그는 모두가 거짓말한다고 단언한다. 랭보처럼, 그는 우리가 배우는 모든 것이 거짓이라고 단언한다.

과장과 현혹의 시대에 망셰트의 소설들은 실상보다 훨씬 더 단순하게 보이는, 흔치 않은 절제미와 멋을 지니고 있다. 즉, 실제 말해진 바보다 훨씬 많은 의미를 함축하고 있다는 것이다.

내가 자라난 남부 시골의 야트막한 산자락에는 다람쥐 사냥꾼들이 곧잘 돌아다녔는데, 이들에게는 독특한 습관이 있었다. 잡은 사냥감을 나무에다가 못 박은 뒤, 칼과 본인의 힘만 이용하여 사냥감의 가죽을 단번에 벗겨내는 일이었다. 그것은 깔끔하고 신속하며 효과적인 방법이었다. 산장과 사냥터 주변으로 다람쥐 가죽 10여 장이 나무에 걸려 있었던 것이 기억난다.

망셰트의 책 같은 것들이 바로 이 가죽인 셈이다.

2014년, 제임스 샐리스.

제임스 샐리스 시인이자 번역가, 에세이 작가, 소설가. 1944년에 태어났다. '루 그리핀(Lew Griffin)' 시리즈로 명성을 얻었고, '존 터너(John Turner)' 3부작을 출간했다.《살인자는 죽는다(The Killer is dying)》로 2013년 프랑스 추리문학 대상을 수상했다.

1

때로는 과거의 일이 현재진행형으로 일어나기도 한다. 조르주 제르포는 외곽순환도로를 달리는 중이다. 포르트디 브리*를 통과해서 들어왔다. 지금 시각은 새벽 2시 반, 아니 어쩌면 3시 15분. 내곽순환도로 구간 일부가 청소 때문에 폐쇄되었고 나머지 구간에는 차가 거의 없다. 외곽순환도 로에는 1킬로미터당 두세 대, 최대 네 대 정도가 있는 듯하 다. 그중 일부는 트럭, 대부분은 무지 느리게 달린다. 다른 차들은 제한속도를 훨씬 넘어 최대속력으로 달리는 승용 차. 운전자 대다수가 거나히 취해 있다. 조르주 제르포도 마 찬가지다. 포어로제스 버번위스키를 다섯 잔 마셨고, 세 시 간 전쯤에는 효과 센 진정제도 두 알 먹었다. 그 때문에 잠 이 쏟아지지는 않았지만, 팽팽한 행복감에 사로잡혔다가도 매 순간 분노나 약간은 체호프스러운, 주로 씁쓸한 우울감 이 밀려들었다. 그다지 자랑스럽지도 흥미롭지도 않은 감 정이다. 조르주 제르포는 시속 145킬로미터로 달린다.

조르주 제르포는 마흔이 채 되지 않은 사내다. 차는 철회

---

* 파리 13구에 있는 문.

색 메르세데스. 가죽 시트뿐 아니라 자동차 내부 장식 전체가 마호가니색이다. 조르주 제르포의 내면은 어둡고 혼란스럽다. 그 안에서 막연하게나마 좌파적 견해가 엿보인다. 계기판 위쪽 대시보드에 조르주의 이름, 주소, 혈액형과 수호성인 크리스토포로스의 모습이 서툴게 새겨진 작은 금속판이 보인다. 하나는 대시보드 아래에, 다른 하나는 후면 데크 위에 놓인 스피커 두 개를 통해 카세트 플레이어가 게리 멀리건, 지미 주프리, 버드 섕크, 치코 해밀턴의 웨스트코스트 스타일 재즈를 작은 음량으로 내보낸다. 나는 언젠가 한번은 루브 블룸과 테드 쾰러의 '트러킹(Truckin')'이 밥 브룩마이어의 퀸텟으로 흘러나왔다는 것을 안다.

조르주가 이렇게 사념을 잠재우고 이 음악을 들으며 외곽순환도로를 달리는 이유는 무엇보다도 생산관계 속 그의 위치에서 찾아야 한다. 조르주가 올해 최소 두 명을 죽였다는 사실은 고려 사항이 아니다. 현재진행형의 일은 때로는 과거의 일이기도 하다.

2

알론소 에메리크 이 에메리크 역시 사람을 죽여본 인물이었다. 조르주 제르포보다 훨씬 더 많이. 조르주와 알론소 사이에는 별다른 접점이 없다. 알론소는 1920년대에 도미니카공화국에서 태어났다. 에메리크란 게르만 성을 두 번 반복하는 것은, 도미니카섬의 백인 엘리트 가문 출신 친구이자 가까운 군 동료인 엘리아스 웨신 이 웨신 장군이 본인의 성을 반복하여 강조하려는 바와 마찬가지로, 자신의 가문이 섬 원주민이나 유태인, 흑인 따위의 하등 인종과 혼혈로부터 무사한 순혈이라는 점을 강조하기 위해서였다.

인생 말년에 알론소는 구릿빛 피부, 포동포동한 몸집, 관자놀이 언저리를 염색한 오십대 남자로 지냈다. 프랑스 마니앙벡생에서 30킬로미터 떨어진 작은 마을인 빌뇌유의 드넓은 사유지에 자리한 커다란 농장에 살았다. 인생 말년에 알론소는 테일러라는 이름으로 불렸다. 그에게 오는 얼마 안 되는 우편물은 테일러 씨, 아니면 테일러 대령 앞으로 온 것이었다. 배달업자나 이웃에게는 식민지에서 오래 살며 장사로 돈 좀 모은 일개 미국인 혹은 영국인으로 통했다.

실제로 알론소는 매우 부유했지만 아주 비참한 생활을 영위했다. 그는 오롯이 홀로 지냈다. 항상 겁에 질려 있었다. 그 넓은 사유지의 밭을 경작하는 사람도, 저택을 돌보는 고용인도 없었는데, 알론소가 집에 아무도 들이고 싶어 하지 않았기 때문이다. 이곳에서 보냈던 짧은 기간, 인생 말년을 이루는 이 기간 동안 집에 들인 사람이라고는 굉장히 한정되고 간결한 어휘만 구사하는, 어두운색 양복 차림의 두 남자가 전부였다. 새빨간 란치아 베타 베를린 1800을 타고 다녔는데, 이 차는 상당히 눈에 띄는 데다가 이 남자들 스타일도 아니었다. 두 남자 중 하나는 더 키가 작고 젊었고, 머리는 검고 구불구불했으며 파란 눈이 아주 예뻤다. 여자들에게 인기 있는 남자였다. 어느 시점이 되면 여자들은 결국 이자가 바라는 것이 자기들에게 얻어맞는 것뿐이라는 사실을 깨달았다. 남자는 여자들을 때리지 않았고, 여자들에게 삽입하기도 전혀 바라지 않았다. 그래서 가학적 성향의 변태가 아니라면 여자들은 이자와 관계를 끊었다. 하지만 가학적 변태들로 말하자면, 남자는 여자가 자길 때리는 데 맛을 들였다고 느낀 순간 곧바로 내쳤다. 그런 여자들은 역겹다고 했다.

다른 하나는 훤히 벗어진 이마에 살짝 돌출된 턱, 뻐드렁니와 창백하니 허연 새치가 눈에 띄는 사십대 남자였다. 커다란 흉터가 목을 대각선으로 둥글게 가로지르는 모습이 인상적이었다. 남자는 흉터를 가리려고 턱을 목 아래로 끌어당기는 습관이 있었다. 키가 멀대처럼 크고 깡마른 데다, 머리까지 그런 식으로 숙이고 다니니 자세가 대단히 기이했다. 이 두 남자 역시 수없이 많은 사람을 죽였지만, 이들과 조르주 제르포 사이에 접점은 없으며 이들은 알론소와도 비슷하지 않았다. 사람을 죽이는 것은 이들의 부업이었다. 젊은 쪽은 예전에 호텔 종업원이었으며, 이후 3개국 언어를 구사하는 안내원으로 일했다. 그리고 다른 쪽은 용병이었다. 조르주 제르포는 기업 임원이다. 제르포의 직장은 ITT*그룹의 자회사. 그의 업무는 이 회사에서 생산되는 고가의 전기 제품을 프랑스와 유럽 등지에서 개인과 지자체 대상으로 판매하는 것이다. 제르포는 엔지니어이기 때문에 본인이 판매하는 전기 제품의 기능에 굉장히 해박했다. 그리고 알론소는 전쟁을 업으로 삼았다. 도미니카군 장교였고 군사정보기관 소속이었다. 인생 최고 호시절은 산이시드로 공군 기지에서 보냈던 1955년부터 1960년까지였다.

---

* 1920년에 창립된 다국적기업. 미국에 본사를 두었으며 현재는 ITT 코퍼레이션으로 이름을 바꾸었다.

거기선 전쟁이 일어나지 않았다. 도미니카공화국이 그나마 쉽게 전쟁을 벌일 수 있는 유일한 상대국이라고 해봤자 같은 섬에 있는 아이티공화국이 전부였다. 다른 나라들은 전부 도미니카공화국과 드넓은 해역을 사이에 두었다. 하지만 아이티와의 사이에도 전쟁은 없었다. 알론소는 그 점이 마음에 들었다. 그는, 공군 기지 사령관이며 시시하기 짝이 없지만 조금은 역사적인 운명이 예정된 동료이자 친구인 엘리아스 웨신 이 웨신과 협력하여 도미니카공화국 공군기를 산이시드로 공군 기지에서 푸에르토리코까지 보냈다. 그러면 공군기는 관세를 일절 내지 않고서 술과 기타 식료품을 싣고 왔다. 알론소와 엘리아스는 소국의 왕처럼 지냈다. 감히 건드릴 수 없는 존재였다. 비록 산토도밍고*에서는 다른 수많은 지역에서처럼 외전(外戰)이 일어나진 않았지만, 도처에서 내전이 발발했고 여느 곳에서처럼 도미니카군의 주 기능은 필요할 때마다 이 내전을 진압하는 것이었기 때문이다. 이러한 관점에서 군사정보기관의 업무는 필수적이었다. '계급의 적'과 내통하는 것으로 의심되는 인물들이 산이시드로 기지에 정기적으로 도착하면, 군사정보기관의 업무는 솜씨 좋게 만들어진 근사한 장소에서 알론

---

*   도미니카공화국의 수도.

소의 지휘 아래 구타와 강간, 거세, 칼 고문, 전기 고문, 물 고문으로 이 인물들의 입을 연 뒤 마침내 참수시키는 형태로 이루어졌다.

1961년 5월 30일, 조국의 은인 트루히요*가 어느 도로에서 특공대의 기관총 사격을 받아 숨졌다. 이후 이 특공대의 일원들과 일부 공범들이 체포되었다. 알론소와 엘리아스에게 호시절은 끝난 셈이나 다름없었다. 하지만 트루히요의 아들들이 180일 동안 권력을 유지했고, 이후 발라게르가 집권하던 가운데 알론소와 엘리아스는 팔마솔라의 농민들을 학살하고 올곧은 로드리게스 레예스 장군을 숙청해가며 1962년의 총선을 준비할 여유가 있었다. 얼마 후 민주주의자 후안 보슈가 당선되자, 엘리아스는 쿠데타를 일으켜 보슈를 실각시켰고 도미니카 내에서 미국과 영국을 대표하는 도날드 레이드 카브랄을 그 자리에 앉혔다. 그로부터 채 두 해가 못 되어 엘리아스는 경찰 출신 민주주의자 카마뇨가 혁명을 준비 중임을 알았고, 탱크와 전투기, 미사일을 풀어가며 유쾌한 시간을 보냈다. 포화는 특히 산토도밍고 북부 근교에 집중되었는데, 그곳이야말로 가장 위험한 장소였기 때문이다. 이름만 들어도 소름 끼치는 노동자 투사들과 여

---

* 쿠데타로 권력을 잡은 이후 32년간 집권한 도미니카공화국의 독재자.

타 추잡한 놈들이 묘지 근처의 펩시콜라병 제조 공장을 뒤져가며 화염병을 만드는 곳이었다. 하지만 미국은 엘리아스와 마찬가지로 카마뇨의 온건하고 소위 '케네디적'이라는 주장 이면에서 진정한 위험을 감지했고, 시종일관 엘리아스를 물심양면으로 지지했다. 물자 보급이며 무기며 탄약, 헬리콥터, 항공모함, 해군, 1539회에 걸친 공수작전 등 다방면으로. 그리고 그놈의 '중립지대*'라는 더러운 짓거리까지. 승리를 거두고 나자 미국은 엘리아스를 폐기 처분 하고 한동안 마이애미로 추방시켰다. 비열한 수작이었다.

하지만 알론소는 1962년에 이미 그곳을 떠난 뒤였다. 그는 엘리아스처럼 권력욕 있는 사내가 아니었고, 가진 것이라고는 안락욕뿐이었다. 알론소는 트루히요가(家)가 독재자의 유해와 국가 공문서, 어마어마한 양의 현금을 들고서 망명하는 과정을 감독했다. 거기서 힌트를 얻은 것이었다. 1962년 대선에서 후안 보슈가 당선된 순간, 알론소는 상당량의 자금을 사전에 보내둔 해외 도피처로 망명했다.

어쩌면 해가 지남에 따라, 정처 없이 떠도는 세월을 보내

---

*   혁명정부가 들어서자 미국은 도미니카공화국에 '자국 교민 보호'를 명목으로 주둔시키던 미군 병력을 급증시키는 동시에 브라질, 온두라스, 파라과이 등의 라틴아메리카 국가들의 지원군 파병을 요청했다. 미군은 몇 달간의 전쟁 끝에 가짜 '중립 안전지대'를 만들어 혁명 세력을 대거 몰아냈다.

며 알론소의 지능이 떨어졌을지도 모른다. 아니, 원래부터 멍청이나 다름없었는지도 모르지만. 최고의 권력을 누렸을 시절에조차 이자의 직위는 고작해야 고위 군경에 불과했다는 사실을 떠올려보자. 그러면 인생 말년에 이른 알론소가 겁을 집어먹은 채 외부인의 출입을 일절 기피했다는 사실이 좀 덜 놀랍게 느껴질 수 있다. 정원사나 하인도 두지 않았는데, 집에 들인 자가 CIA나 도미니카 정부 혹은 여느 도미니카 혁명 단체의 망명 요인일까 봐 두려워했다. 사실을 말하자면 알론소는 늙어가고 있었다. 프랑스의 마니앙벡생 근처에 자리 잡았던 당시에도 이미 망가져 있었다. 어쨌든 더는 움직이지 않기로 마음먹기에는 충분할 정도였다. 게다가 이 남자는 어느 사형수의 미망인이 남편의 죽음을 믿길 거부하자, 시신의 머리를 잘라 입안에 무언가를 넣어 미망인에게 소포로 보냈었다는 사실을 떠올려보자. 알론소의 공포심이 비합리적이라는 주장은 맞을지도 모르지만, 그 공포심의 근원은 합리적이기 그지없다.

알론소는 심지어 집배원의 출입마저 금했다. 얼마 되지 않는 우편물은 길가의 우체통이나 저택 철책 사이로 넣어두게 했다. 알론소는 혹시나 집배원이 안으로 들어올 경우를 대비하는 것 외에 온갖 용도로 암컷 불마스티프 투견을 한 마리 길렀다.

저택 주변의 갈지 않은 땅은 불모지나 다름없었고, 저택 안쪽은 관리인이 없어 방치되었다. 주변 농민들은 땅을 쓸모없이 놀리는 모습을 보며 투덜거렸고, 항의를 하자고 수차례 얘기했다. 그리고 결국에는 행동에 나섰을 것이 분명하다. 알론소의 죽음이 문제를 해결하지 않았더라면 말이다.

예전에, 인생 말년에 든 알론소는 새벽 5~6시쯤 되면 더는 잠들려고 시도하지 않았다. 산만하게 구겨진 침대에서 일어나 2층 침실 밖으로 나왔다. 널따란 주방에서 영국식 아침 식사를 손수 만들었다. 과일 주스, 우유에 만 시리얼 한 접시, 떫은맛의 차를 곁들이고 세모꼴로 잘라놓은 토스트를 더한 따뜻한 요리. 이후 이 토스트에 버터를 얇게 바르고 꿀이나 오렌지 마멀레이드를 한 겹 더 발랐다.

이렇게 아침 식사를 마치고 나면, 알론소는 운동복을 걸쳤다. 엘리자베스라 이름 붙인 암컷 불마스티프를 데리고 잡초에 침범당한 사유지를 좁은 보폭으로 한참 달렸다. 그러고선 저택으로 다시 들어와 오전이 다 가도록 자리를 뜨지 않았다. 배달업자가 울리는 초인종에 응답할 때만 제외하고서 말이다. 초인종이 울리면 알론소는 1층 창문에서 고성능 망원경으로 철책 근처를 지켜봤다. 불안감이 가시면 38구경 롱콜트탄이 장전된 경찰용 콜트 권총으로 무장한 뒤, 집에서 나와 철책으로 다가가 배달된 식료품을 전달받았다. 알론소는 배달업자가 사유지 안으로 들어와 저택 안으로 직접 식료품을 전달해주는 것을 견디지 못했다. 가끔은 위스키 상자처럼 무거운 물건이 배달될 때도 있었는데, 그럴 때면 상자를 집까지 나르는 동안 땀이 비 오듯 흘렀고 장딴지와 입가가 제멋대로 경련했다.

저택 거실에는 샤프 브랜드의 서독제 하이파이 오디오가 있었다. 알론소는 오디오에 내려앉은 먼지를 정성스레 털었다. 반면 나머지 가구와 저택의 설비들은 거의 한 번도 제대로 청소된 적이 없었고 어떻게 손써볼 수도 없을 만큼 끈적이는 손때로 덮여 있었다. 정성스레 먼지를 털기는 4채널 스피커 역시 마찬가지였는데, 스피커가 집 안 곳곳에 자리한 덕분에 여기서 흘러나오는 음악을 어디서든, 심지어는 화장실과 욕실에서도 들을 수 있었다. 알론소의 음악 취향은 조르주 제르포와는 사뭇 달랐다. 알론소의 음반 목록은 세 가지로 구분될 수 있다. 일단 바흐, 모차르트, 베토벤 같은 고전음악. 다음으로는 토니 베넷, 빌리 메이 같은 미국의 저질 음악. 알론소는 이 음반들을 단 한 번도 들은 적이 없다. 마지막으로 그가 엘리자베스와 산책을 마치고 나서부터 줄곧 듣는 음악이 바로 차이콥스키, 멘델스존, 리스트 등의 음악이었다.

이런 음악들을 들으며 알론소는 1층 서재에 앉아 있었다. 늘 닫혀 있는 창문 너머로는 잡초에 침식당한 풍경을 마주하고, 책상 한구석에는 경찰용 콜트 권총을 올려놓은 채, 반투명한 얇은 종이에다 파커 만년필로 회고록을 작성했다. 글 쓰는 속도는 **아주** 느렸다. 열댓 시간을 꼬박 작업하고도 한 페이지도 채우지 못한 때도 제법 있었다.

알론소는 점심을 건너뛰었다. 저녁에 6시 반 즈음이 되면 주방에서 통조림과 과일로 배를 채웠다. 그러고선 아침 식사 설거지가 이미 들어 있는 식기세척기 속에 지저분한 접시를 넣었다. 알론소는 몇 시간 동안 저술 작업을 계속했고, 그 후 음악을 멈추고는 식기세척기를 돌렸다. 책 한 권을 들고 2층으로 올라가 시트가 마구 구겨지고 흐트러진 침대에 드러누웠다. 잠이 찾아오길 기다리지만 잠은 오지 않았다. 알론소는 아래층에서 식기세척기가 이따금 멈췄다가 재가동해가며 여러 단계를 거치는 소리를 들었다. 영어나 스페인어, 프랑스어로 된 책을 무심하게 뒤적였는데 리델 하트, 윈스턴 처칠, 드골 같은 군 지휘관이나 정치가들이 쓴 회고록이 대부분이었고, 그렇지 않으면 C. S. 포레스터가 쓴 전쟁소설 따위를 읽었다. 그 밖에도 〈플레이보이〉라는 음란한 미국 잡지도 몇 권 있었다. 이따금 저녁에 자위를 하곤 했지만 그다지 성공적이진 못했다. 매일 밤 몇 번이고 일어나 집 안을 돌아다니기도 했다. 손에는 읽던 페이지에 가운뎃손가락을 끼워 넣은 책을 들고, 또 때로는 잠옷의 가랑이 부분 사이로 축 처진 성기를 비죽 내놓은 채, 창문이 전부 닫혀 있는지 확인했다. 창문은 늘 닫혀 있었다. 그러면 암컷 불마스티프에게 고기 한 조각을 더 주었다. 엘리자베스, 조르주 제르포는 이 암캐 역시 죽여버렸다.

3

조르주 제르포는 메르세데스를 타고 19번 국도를 달리는 중이었다. 이제 막 방되브르를 지나 트루아로 향하는 중이었고, 한밤중의 라디오 채널 두 군데에서 존 루이스, 게리 멀리건, 쇼티 로저스의 음악이 흘러나왔다. 좌우로 장벽처럼 내려앉은 어둠이 시속 130킬로미터로 펼쳐져 지나갔다. 바로 그 순간, DS* 한 대가 추월했다.

마지막 순간에야 방향 지시등을 켜 보였던 바람에 제르포는 DS가 다가오는 줄도 몰랐다. 이 차는 보이지 않는 데서 급커브를 돌며 곧바로 메르세데스를 지나쳤다. DS가 홱 꺾이며 약간 흔들리더니, 제르포가 "저런 미친"이라고 중얼거리기도 전에 다음 커브 길에서 사라져버렸다.

10분이 지나자 차가 다시 제르포의 시야에 들어왔다. 그 전까지는 별일 없었다. 제르포가 제대로 방향 지시등을 켜 보이지 않은 채 낡아빠진 푸조 트럭을 앞질렀고, 이탈리아 제로 보이는 선홍색 차가 순식간에 지나가며 제르포 자신을 추월한 것 외에는. 그 후에도 아무 일도 없었다. 그러다

* 프랑스 자동차 그룹 PSA의 럭셔리 브랜드.

돌연, 메르세데스의 헤드라이트가 어둠 속에서 무언가를 포착했다. 그와 동시에 제르포는 도로 위에 멈춰 있는 후미등을 발견했다. 그는 페달에서 발을 뗐다. 후미등이 움직이기 시작하더니 말 그대로 어둠에 삼켜졌다(하지만 애초에 멀쩡히 움직이는 중이었는지도, 단순한 착시 현상이었는지도 모른다). 어쨌든 DS는 멈춘 채 차도를 벗어나 있었다. 한쪽 펜더는 배수로에, 다른 쪽 펜더는 나무등치에 부딪혀 사정없이 으스러지고 휘어졌다. 뜯겨나간 차 문 하나가 10여 미터 거리에 나동그라져 절반은 차도에, 다른 절반은 갓길 풀밭에 걸쳐져 있었다. 창문은 산산이 부서졌다. 이 모든 광경이 단 한순간에 제르포의 시야에 들어왔고, 그동안 메르세데스는 사고 차의 잔해를 뒤따라가며 바닥에 나동그라진 차 문을 지나쳤다. 메르세데스의 속도계가 여전히 80을 가리키는 가운데, 제르포는 또다시 가속페달을 밟으려 했다. 하지만 그러길 그만뒀던 것은 인간의 도리라든가 도덕법칙이라든가 하는 것보다도, 저 어두운 DS의 차내에 사람이 있을지 모르고, 그 사람이 구조 의무를 등한시한 자신의 차 번호를 기록할지도 모른다고 생각했기 때문이다. 그래서 제르포는 뭔가 확신하지 못한 채, 딱히 서두르지는 않으며 브레이크를 밟았다. 차는 80미터 혹은 100미터가량 떨어진 곳에 멈춰 섰다.

저 멀리서 어느 차(이탈리아제 자동차? 란치아 베타 베를린 1800?)의 후미등이 마침내 어둠 속으로 사그라졌다. 제르포는 주변을 불안하게 살펴보았지만 뒤쪽은 온통 어둡기만 했다. DS 또한 어둠 속에 가라앉아 있었다. 제르포가 원래 가던 길을 속행하고 싶은 마음에 여전히 시달리며 투덜거리는 사이, 차는 살짝 갈지자를 그리며 후진하여 사고 현장으로 되돌아갔다.

나무 두 그루 사이, 내동댕이쳐진 차 문 근처의 갓길에다가 차를 세웠다. 카세트 플레이어에서 '투 디그리스 이스트, 스리 디그리스 웨스트(Two Degrees East, Three Degrees West)"가 흘러나오는 중이었다. 제르포가 카세트 플레이어를 멈췄다. 곧 엉망진창으로 망가진 시신을 마주할지도 몰랐다. 예쁘게 땋은 머리가 피로 끈적끈적해진 어린 소녀라든가, 몸에서 빠져나온 내장을 두 손으로 부여잡은 부상자들이라든가. 맨정신인 사람이라면 음악이 흐르는 가운데 그런 광경을 목도할 수는 없었다. 그는 메르세데스에서 방수 손전등을 들고 내리자마자 DS 쪽을 비추었다. 다행스럽게도 남자하나만이 보였고 멀쩡히 서 있었다. 탈모가 막 시작된 듯보이는 금빛 곱슬머리, 뾰족한 코, 플라스틱 테 안경이 눈에

---

*   재즈 색소폰 연주자 폴 데스먼드의 대표곡.

띄는 단신의 사내. 오른쪽 안경알에 크게 금이 갔다. 남자는 후드가 달린 외투에 갈색 코듀로이 바지 차림이었다. 그가 겁에 질려 커다랗게 뜬 눈으로 제르포를 바라보았다. 남자가 DS의 보닛 오른편에 기대서서 숨을 헐떡였다.

"이봐요! 괜찮아요? 다친 덴 없습니까? 좀 어때요?"

제르포가 묻자 남자가 살짝 움직였다. 아마도 고개를 끄덕인 듯했는데, 그러다 쓰러질 뻔했다. 제르포가 걱정스러운 기색으로 다가갔다. 그의 시선이 우연찮게도 상대방이 입은, 부드러운 재질의 어두운색 외투 옆구리 부위가 눈에 띄지 않을 정도로 검붉게 물든 것에 가닿았다.

"옆구리에 부상을 입었군요."

제르포가 말했다(그러자 머릿속에서 절로 피 냄새와 그 맛이 연상되었고, 제르포는 '빌어먹을, 토할 것 같아'라고 내심 생각했다).

"병원에."

그리고 나서도 남자의 입술이 여전히 달싹거렸지만 무슨 말을 하려 했든 간에 더는 아무 말도 나오지 않았다.

남자의 왼편 옆구리에서 피가 흘러내렸다. 제르포는 그의 오른팔을 붙잡고 목을 감아 부축해 메르세데스로 데려갔다. 모델명을 알 수 없는 차 하나가 굉음을 내며 전속력으로 지나갔다.

"걸을 수 있겠습니까?"

부상당한 남자는 굳이 대답하지 않은 채 걸어갔다. 이를 악물었다. 그의 넓은 이마에서 땀방울이 흘러내리더니, 짧은 수염이 자라난 윗입술로 떨어졌다.

"돌아올······."

남자가 중얼거렸다.

"네? 뭐라고요?"

하지만 그는 더 말하길 원치 않거나 말을 할 수 없는 것이 분명했다. 두 사람이 메르세데스 앞에 도달했다. 제르포는 남자가 차에 기대설 수 있도록 돕고는, 오른쪽 뒷문을 열었다. 남자가 앞좌석 등받이를 붙잡더니 뒷좌석에 풀썩 쓰러졌다.

"아, 맙소사, 맙소사, 피가, 피가 나요."

그가 슬프고도 분한 듯 말했다(파리 지역의 억양이었다).

"괜찮을 거요. 괜찮을 겁니다."

제르포는 부상자의 두 다리를 안으로 밀어 넣었고, 뒷문을 닫은 뒤 얼른 운전석에 올라탔다. 뒷좌석 가죽 시트에 피가 묻겠구나 생각했다. 혹은 아무 생각도 안 했다. 메르세데스가 출발했다. 가는 동안 제르포는 별다른 얘기를 안 했고 부상자는 아무 말도 안 했다.

10분이 채 지나지 않아 트루아에 도착했다. 시각은 밤

12시 20분. 경찰 하나 보이지 않았다. 제르포가 밤늦게 돌아다니는 행인에게 말을 걸었다. 그가 병원 가는 길을 알려줬다. 행인이 거나히 취했던 데다 알려준 내용도 혼란스럽기 그지없었던 나머지, 제르포는 절반가량 길을 헤매며 시간을 허비했다. 뒷좌석에서는 남자가 고통스러운 기색으로, 그러나 신음은 내지 않으며 외투를 벗었다. 외투 아래에는 라운드넥 스웨터를 입고 있었다. 남자는 외투를 두 번 접더니 그것으로 옆구리를 압박해 출혈을 늦추려 했다. 바로 그 순간 그는 의식을 잃었고, 차는 병원에 도착했다. 제르포가 응급실 앞에 차를 거칠게 세웠다. 얼른 차 밖으로 나가 어두운 로비 출입구까지 달려갔다.

"들것 좀 내와요! 급합니다!" 그렇게 외치고는 차로 되돌아가 뒷문을 열었다.

병원에서는 아무도 나오지 않았다. 유리창 너머로 로비와 그 오른편의 수납실이 비쳐 보였다. 수납실에는 접수대에 앉은 블라우스 차림 여자 둘 외에도 네 명이 더 있었다. 알제리 사람 한 명과 금속관과 플라스틱으로 만든 의자에 앉은 노부부, 삼십 대 남자 한 명. 얼굴이 희끄무레하고 볼살이 축 늘어진 이 남자는 노타이 양복 차림으로 벽에 기대서서 손톱을 물어뜯고 있었다.

"젠장, 이봐요!"

제르포가 소리쳤다.

간호사 두 명이 바퀴 달린 들것을 가지고 로비에 도착하며 말했다.

"갑니다."

간호사들은 일사불란하게 부상자를 들어 올려 들것에 누이고는 황급히 로비 안쪽으로 데려갔다. 안으로 들어가기 전, 간호사들이 움직이는 모습을 망설이며 눈으로 좇던 제르포에게 간호사 한 명이 고개를 돌려 말했다.

"수속을 밟으셔야 합니다."

그래서 제르포는 로비 안으로 5미터 정도 걸어 들어갔고, 수납실을 향해 열린 옆문 근처에 서 있게 되었다. 노부부와 알제리 사람은 움직이지 않았다. 노타이 차림의 삼십대 남자가 접수대로 다가왔다. 손에 볼펜을 들고서 차트를 마주한 채, 블라우스 차림의 여자에게 요란하게 말을 늘어놓았다.

"난 저 여잘 모른다고요. 현관 매트에 쓰러져 있던 걸 발견했을 뿐이에요. 저 여자가 뭔가를 삼킨 것 같았고, 그냥 내버려둘 수 없어서 차에 태우고선 여기로 데려왔어요. 하지만 누군지 모른다고요, 난 저 여잘 몰라요. 이름도 모른다고요. 저 여자가 내 현관 앞에 자살하러 왔을 뿐이에요, 네?"

남자의 하얀 이마에 땀방울이 맺혀 흘렀다.

제르포는 지탄필터 한 개비를 꺼낸 뒤 천천히 되돌아갔
다. 시선을 바닥에 어렴풋이 고정한 채 아무 일도 아니라
는 듯. 담배 한 개비 피울 생각에만 정신이 팔려 멍하니 밖
으로 나가는 사내인 척했다. 아무도 그에게 관심을 두지 않
았으니 굳이 그럴 필요도 없었다. 바깥으로 나온 제르포는
차에 올라타 쌩하니 가버렸다. 잠시 후 인턴 하나와 대머리
헌병 하나가 불안한 기색으로 응접실에 나타나더니, 누가
총상을 입은 환자를 데려왔느냐고 큰 소리로 물었다.

4

"말도 안 돼, 당신 미친 거 아냐?"

베아가 말했다.

베아, 베아트리스 제르포, 샹가르니에 출생. 보르도 지방의 부르주아 가톨릭교 집안과 알자스 지방의 부르주아 개신교 집안의 만남으로 태어나, 세브르에서 다이어트 식품 전문점을 운영했고 이후 뱅센의 파리8대학에서 시청각 기술 강의를 했으며 현재는 프리랜서 홍보 담당자로 일하고 있다. 우아하고도 큼직한 골격, 커다란 푸른 눈, 굵고 탐스러운 검고 긴 머리카락, 탄탄하고 새하얀 풍만한 가슴, 하얗고 동그란 커다란 어깨, 탄탄하고 역시 새하얀 큼직한 엉덩이, 희고 납작한 배, 근육질의 기다란 넓적다리를 지닌, 암말을 연상케 하는 아주 근사하고도 무시무시한 여자. 현재 베아는 거실 한복판에 있었다. 위에는 팔꿈치 아래가 넓게 퍼진 소매의 터키색 실크 잠옷을, 아래에는 나팔바지를 걸치고 맨발로 자주색 카펫을 밟고 서 있었다. 그녀가 성큼성큼 걸어오자 지키 향수의 잔향이 함께 따라왔다.

"그렇게 아무한테 아무 말도 안 하고 와버린 거야? 당신 이름도 말 안 하고선? 그 남자 이름도 모른댔지? 어디서 발견했는지도 얘기하지 않았다며, 대체 제정신이야?"

제르포가 말을 받았다.

"모르겠어. 그냥 갑자기 지긋지긋해졌어, 모든 게 다 짜증 났다고. 요즘 계속 그런 기분이 들어."

그는 끈 장식이 달린 천과 가죽 소재의 소파에 앉아 있었다. 집에 온 지는 몇 분도 채 되지 않았다. 양복 조끼를 벗어버리고 넥타이와 신발 끈을 풀어둔 차였다. 양복바지와 목 단추를 끄른 와이셔츠만 걸치고 느슨하게 풀어둔 신발만 신은 채, 제르포는 소파 뒤편으로 돌아갔다. 위스키 잔에 커티삭을 따른 뒤 얼음을 채우고 페리에를 가득 부어 왔다. 위스키 잔을 왼쪽 무릎에 아슬아슬하게 올려놓고, 입가에는 지탄필터를 한 개비 물고, 양쪽 겨드랑이 아래에는 땀자국이 맺힌 모습. 살짝 당황스러운 나머지 실소가 터질 듯한 기분이었다. 베아가 말했다.

"지긋지긋하다고! 짜증이 나?"

"뭐랄까, 그냥 떠나버리고 싶었어."

"이런 머저리 같은!"

"방금 그 말, 이 주제랑 상관없는 얘기야."

"상관없기는. 사람들이 대체 뭐라고 생각하겠어? 자기는 교통사고를 당한 사람을 데리고 나타나서는 그냥 도망쳐버렸어. 남들이 뭐라고 생각하겠냐고!"

"뭐, 그 사람이 잘 설명하겠지. 그리고 난 별로 신경 안 써."

"무슨 일이 일어났던 건지 그 사람도 잘 모르면 어떡해? 쇼크 상태에 있으면? 죽기라도 했으면 어떡하느냐고!"

"소리 지르지 마, 애들 깨겠어." (새벽 4시가 넘은 시각이었다.)

"내가 무슨 소리를 지른다고!"

"그래, 그럼 그렇게 공격적인 어조로 말하지 마."

"내가 호전적으로 말한다 이거지."

"난 공격적이라고 말했어!"

"봐봐, 이제는 당신이 소릴 지르고 있네. 하하!"

베아가 말했다.

제르포는 잔을 잡아 숨도 쉬지 않고선 입안에다 천천히 비워냈다. 오른손 엄지와 검지로 담배를 수직으로, 필터를 아래를 향하게 하여 잡은 채. 담뱃재가 곧 기다란 원통 형태로 떨어질 것 같았지만 주변에 재떨이가 없었다. 제르포는 다 마시고는 입을 열었다.

"저기, 내일 다시 얘기하자. 난 아무도 죽이지 않았어. 마땅히 해야 할 일을 했을 뿐이야. 무엇보다도, 더는 아무도 그 사건을 입에 올리지 않을 거라고."

"맙소사, 제발 좀!"

"베아, 그만하자. 내일 얘기해."

그의 아내는 폭발하기 직전처럼 보였다. 아니, 어쩌면 웃음을 터뜨리기 직전이었는지도 모른다. 베아는 외모만 보면 바가지를 긁거나 성질이 고약할 것 같지만, 실제로는 그렇지 않으니까. 보통 대부분은 유쾌하고 매력적인 사람이다. 마침내 그녀가 조용히 몸을 돌리더니 주방으로 들어갔다. 지탄필터의 담뱃재가 카펫 위로 떨어졌다. 제르포가 일어나 발로 담뱃재를 으스러뜨려 대충 휘젓고 쓸어내 얼룩을 흐트러뜨렸다. 그러고는 거실 구석으로 가 산요 오디오를 켠 뒤 셸리 맨과 콘트 캔돌리, 빌 러소의 협연 음반을 소리 죽여 틀었다. 자리로 돌아오는 길에 하얀 대리석 재떨이를 들고 왔고, 그 안에 담배를 비벼 껐다. 그러고는 소파에 다시 앉아 지탄필터 한 개비를 새로 꺼내 크리켓 라이터로 불을 붙였다. 4채널 스피커가 감미로운 음악을 부드럽게 흘려보냈다. 제르포는 담배를 피우며 거실을 바라보았다. 조명의 일부, 그것도 가장 덜 환한 불만 켜놓은 덕에 공간 전체가 은은한 미광에 잠겨 있었다. 거실에는 소파와 조화를 이루는 안락의자, 티 테이블, 담배 케이스를 넣어두는 황백색 플라스틱 상자, 버섯 모양의 주홍색 플라스틱 램프와 시사 전문지 〈렉스프레스〉, 〈르푸앵〉, 〈르누벨옵세르바퇴르〉, 〈르몽드〉, 미국판 성인 잡지 〈플레이보이〉, 만화 잡지 〈레코

데사반〉, 그 외 다양한 정기간행물의 최신간이 자리해 있었다. 음반 수납장에는 다해서 대략 4~5천 프랑은 될 법한 교향악, 오페라, 웨스트코스트 재즈류의 LP가 꽂혀 있었다. 붙박이 목제 책장에는 수백 권의 책이 꽂혔는데, 인류가 쓴 거의 모든 걸작과 쓰레기가 한자리에 있었다.

베아가 조롱기가 살짝 섞인 미소를 머금은 채 커티삭 두 잔을 들고 주방에서 나왔다. 남편 옆에 앉아 한 잔을 건네더니, 맨발을 들어 올려 양반다리를 했다. 그녀가 둘째손가락으로 머리카락을 비비 꼬며 말했다.

"좋아, 그 얘긴 더 하지 말자고. 어떻게든 되겠지. 그것 말고 출장은 어땠어? 괜찮았어? 잘 해결된 거야?"

제르포가 만족스레 고개를 끄덕였고, 자신이 어떻게 거래를 원만하게 마무리했는지 구체적으로 얘기했다. 그 덕에 월급의 두 배에 좀 못 미치는 1만 5천 프랑을 추가 수당으로 받을 거라고. 그는 점심 식사를 하는 동안 지역 대표의 부인이 얼마나 끔찍할 정도로 술에 취했는지, 그 후 무슨 일이 이어졌는지를 이야기하기 시작했다. 하지만 갑자기 그 일이 그다지 우습지 않게 느껴졌던 탓에 별안간 말을 끝맺고는 베아에게 물었다.

"그럼 당신은, 오늘 어땠어?"

"평소랑 똑같지. 뭐. 내일 펠드먼의 시사회를 마지막으로 두 차례 상영할 거야. 결국은 카르미츠가 배급하기로 했어. 근데 자기 땀 냄새 장난 아니다."

"음, 그게 바로 나라는 인간의 특징 아니겠어. 땀내 나는 남자."

"아우, 입 다물어. (베아는 카펫에 발을 내린 뒤 기지개를 켜며 상체를 젖혔다. 그 덕분에 근사한 골격과 유연하고도 탄탄한, 조화로운 몸매가 돋보였다.) 입 다물라고. 위스키다 마셔. 가서 샤워 좀 하고. 그리고 와서 한 번 하자."

제르포는 입을 다물고는 위스키를 마저 다 마셨다. 샤워를 하고 돌아와 사랑을 나눴다. 하지만 그러기 이전에 욕실 문틀에 어깨를 부딪쳤고, 욕조 안에서 미끄러져 넘어질 뻔했으며, 샤워를 하던 중 목을 삐끗했다. 칫솔을 세면대에 두 번이나 떨어뜨렸으며 겔랑 데오도란트를 깨먹을 뻔했다. 이에 관해서는 두 가지 가능성밖에 없었다. 겨우 두 잔 마시고 취했다든가, 그게 아니라면…… 그게 아니라면 대체 뭐란 말인가?

5

제르포의 목숨을 해하려는 시도가 곧바로 나타나지는 않았지만, 그래도 꽤 금방 진행되었다. 겨우 사흘 뒤에.

새벽에 귀가한 바로 다음 날, 제르포는 정오에 잠에서 깨어났다. 딸아이들은 학교에 간 참이었는데, 반기숙생이므로 저녁 무렵에야 집에 올 터였다. 베아는 베갯맡에 쪽지를 하나 남기고는 오전 10시쯤 집을 나섰다. 그녀는 네다섯 시간만 자고서도 온종일 쌩쌩하고 기운이 넘쳤다. 또 서른 시간을 내리 자며 어린아이처럼 숙면을 취할 수도 있었다. 쪽지에는 이렇게 쓰여 있었다.

9시 45분 – 차는 보온병에 – 냉육은 냉장고에 – 마리아 일은 해결했어 – 오후에 (짐 싸러) 돌아올게. 〈앙테고르〉 2차 시사회를 18시에 하는데 자기가 보고 싶으면, 시간 가능하면 보러 와 – LOVE (보라색 잉크, 멋스럽게 휘갈겨 쓴 필체. 베아는 펠팁 마커펜을 사용했다.)

제르포는 거실로 가서 티 테이블에 놓인 차 보온병과 비스킷, 버터, 우편물을 발견했다. 차를 마시고 버터를 바른 비스킷 두 개를 먹은 뒤 우편물 봉투를 열어보았다. 경제지 구독 권유 서류 여러 장과 경제 관련 소식지가 들어 있었고, 근 2년간 소식을 듣지 못했던 친구 하나가 호주에서 편지를 써 보냈다. 결혼 생활을 더는 지속하지 못할 것 같으며 제르포가 보기에 자신이 이혼해야 할지를 묻는 내용이었다. 한편 제르포의 체스 파트너는 초록색 엽서에 2주에 한 번꼴로 자기 말들의 움직임을 기록해서 보냈다. 제르포는 수 변화를 수첩에 적어 넣으면서 휴가도 가고 이것저것 처리할 일도 있고 해서 당장은 고민할 시간이 없겠다고 생각했다. 하지만 그러자마자 룩*을 움직여 기계적으로 대응했다. 이와 똑같은 상황이었던 1974년 라스팔마스 토너먼트에서 하츠턴이 라르센에게 룩으로 대응했던 것과 마찬가지로. 엽서의 주소란에는 다음 달 내내 머무를 생조르주드디돈의 주소를 적어놓았다.

면도하고 샤워하고 머리를 빗고 데오도란트를 뿌리고 옷을 차려입으니 오후 2시경. 제르포는 현관 거울 속의 자기 모습을 바라보았다. 하얀 피부에 잘생긴 달걀형 얼굴, 금발, 정력적인 생김새의 코와 턱. 반면 투명한 푸른 눈동자에는

---

* Rook. 체스 말 중 하나로 경기자가 원하는 만큼 가로세로로 전후진시킬 수 있는 말.

약간은 멍하고 약간은 무기력하며 약간은 얼빠지고 회피하는 눈빛이 감돌았다. 키는 평균을 살짝 밑돌았다. 지난해 여름에는 베아가 어마어마한 높이의 웨지힐을 신는 바람에 제르포의 키를 몇 센티미터 추월했다. 신체 비율과 체격, 근육도 그런대로 봐줄 만했는데, 헬스를 거의 매일 다니는 덕분에 유지되는 셈이었다. 일단은 배가 그렇게 나오지는 않았지만 주의해야 했다. 마리네* 팬티, 새하얀색 목깃의 청회색 줄무늬 와이셔츠에 자주색 넥타이를 곁들인 청회색 저지 양복 상하의, 면양말, 스티치 라인이 돋보이는(이런 걸 '오버스티치'라 부르는지도 모르겠다) 자주색 영국제 구두에 감싸여 있었다.

엘리베이터는 아파트 지하 주차장에 자리한 메르세데스 앞으로 곧장 제르포를 이끌었다. 그는 시동을 걸고 주차장에서 빠져나와 오스테를리츠 역까지 비뚤거리며 운전해 센강을 지났다. 카세트 플레이어에서 탈 팔로**의 곡이 흘러나왔다. 20분쯤 지나자 제르포는 이탈리아 대로 근처에서 직장인 ITT 그룹 자회사 본사에 도착했다. 건물 지하 주차장에 메르세데스를 주차했다. 엘리베이터를 타고 일단 1층으

---

*   프랑스 럭셔리 언더웨어 브랜드.
**   전설적인 재즈기타리스트.

로 올라가, 초록색 엽서에 보르도의 퇴임 수학 교사인 파트너의 주소를 적어 넣고 새 우표를 붙인 뒤 우편함에 집어넣었다. 1층 로비는 온갖 예언을 늘어놓으며 흥분해 있는 육체 노동자들로 가득했다. 제르포는 다시 엘리베이터를 타고 3층으로 올라갔다. 3층 로비 역시 온갖 예언을 늘어놓으며 흥분해 있는 육체 노동자들로 가득했다. 제르포가 간신히 엘리베이터에서 나왔을 때 초록 식물 하나가 부드럽게 넘어졌다. 프랑스노동총동맹(CGT) 대표 하나가 4층으로 이어지는 계단에 서 있었다. 체크무늬 남방에 감청색 면바지 차림이었다.

"저기, 잠깐만요, 잠시 좀 지나가겠습니다."

제르포가 그 사이로 파고들며 중얼거렸다. 노조 대표는 계속해서 외치는 중이었다.

"샤랑송이 나오길 겁낸다면, 우리가 직접 끌어내 비싼 대가를 치르게 할 것이다!"

로비를 점거한 이들이 동감의 뜻을 소리 높여 외쳤다. 제르포는 사람들 틈바구니를 빠져나와 합성 소재 바닥재가 깔린 복도로 접어든 뒤 본인의 사무실 문을 열고 들어갔다. 비서실에서는 쯔엉* 양이 새빨간 매니큐어를 손톱에 칠하는

---

*   베트남의 전형적인 성씨.

중이었다.

"쯔엉 씨, 지금 뭐 합니까? 그런 손톱이라니. 그러니까, 어쨌든 타자를 많이 치는 편이잖아요. 손톱이 깨지지 않겠어요?"

"뭐, 가끔은 깨지기도 하죠. 출장은 어떠셨어요? 잘 마무리됐나요?"

"아주 좋았어요." (제르포는 엄밀한 의미의 본인 사무실로 들어갔다.)

그러자 쯔엉 양이 외쳤다.

"안에 롤랑 데로지에 씨가 와 계세요! 제가 차마 맞서 싸우질 못했어요."

"쯔엉 씨보고 싸워달라고 한 적 없어요."

제르포는 그렇게 말하고선 사무실로 들어가 문을 닫았다.

"잘 있었나, 롤랑."

"오랜만이군, 변절자 제르포."

민주노동총연맹(CFDT) 대표이자 환경운동가인 데로지에가 말했다. 청바지에 검은 스웨터를 입은 그와 함께, 1960년대 초반에 제르포는 통합사회당(PSU) 센 근교 지부의 급진 당파에서 함께 투쟁한 바 있었다.

"허구한 날, 말, 말뿐이야. 술이나 한잔하러 들어왔네. (그리고 실제로 데로지에는 커티삭병을 꺼내놓았고 네모난 술

잔에 상당한 양을 따라서 마시는 중이었다.) 적어도 자네 위스키 마시는 것 정도는 허락해주겠지, 응?"

"무슨 소릴, 그거야 당연하지."

제르포가 웃으며 말했다. 그러고는 위스키병과 술잔을 슬쩍 쳐다보며 데로지에가 얼마나 마셨는지 확인한 뒤 말을 이었다.

"말뿐이긴 하지. 근데 저 스탈린을 신봉하는 관료주의자는 사장을 끌어내 비싼 대가를 치르게 하겠다던데? 정확히 그렇게 말했다고. 자네가 여기 앉아서 부자의 술이나 축내고 있다가는 사태 수습이 불가능해질 것 같아."

그 말에 데로지에는 술잔에 입을 박아 한 번에 전부 들이켰고, 마른기침을 하며 잔을 내려놓았다.

"젠장, 나 이만 가봐야겠다."

"가서 불을 활활 지피라고! 컴퓨터를 부숴버리고 샤랑송의 목을 매달아."

제르포가 책상 뒤편에 앉아 술병을 정리하려고 집어 들며 무기력하게 말했다.

"노동자들의 대표에게 전권을 부여하란 말이야."

그가 신랄하게 덧붙였지만 데로지에는 사라진 후였다.

오후 동안 제르포는 계류 중인 용건을 처리했고 판매업자들을 맞이해 지시를 내렸으며 직속 부하 직원과 기나긴

토론을 했다. 7월 한 달간 제르포의 업무를 대신하기로 예정된 이 부하 직원은 온갖 술수와 비굴함과 감언이설로 상사의 자리를 완전히 확정적으로 꿰차길 바랐다. 한편 제르포를 맞이한 것은 샤랑송 사장이었다. 온통 흥분해 있는 노동자들 사이를 간신히 빠져나온 샤랑송 사장은 낯빛이 불그스름했고 단춧구멍에는 프랑스 라이언스 클럽의 자그마한 배지를, 회색 양복 아래에는 피에르가르댕* 멜빵을 매고 있었다. 샤랑송의 뒤편으로 예쁜 장밋빛 꽃과 'Home, Sweet Home'이라는 글귀가 연분홍색 장식 글자로 장식된 액자가 보였다. 이 꽃과 분홍색 글씨 위에 ITT사 대표 해럴드 S. 제닌의 글귀가 작은 검정색 글자로 인쇄되어 있었다.

전 세계 도처에서 연간 200일이 다양한 조직 차원의 책임자 회담에 할애된다. 뉴욕, 브뤼셀, 홍콩, 부에노스아이레스의 바로 이러한 회담에서는 수많은 결정이 논리를 기반으로 하여 내려진다. 결정에 필요한 필수 요소가 모두 갖춰진 만큼, 이 같은 사업 논리는 불가피한 선택으로 귀결된다. 우리의 계획과 마찬가지로, 우리의 정기 회담은 사물의 논리를 명확히 도출하고 그 논리의 가치와 필요성이 모두의 눈에 명확해지

---

*   프랑스의 고급 명품 브랜드.

도록 소개하는 역할을 한다. 이러한 논리는 국가의 모든 법률과 법령을 초월한다. 이 논리는 자연적 과정에서 기인하기 때문이다.

샤랑송이 이 게시물을 방에 걸어둔 것이 내밀한 유머 감각을 드러내는 것인지 혹은 사물화(事物化)의 최종 단계를 보여주는 것인지는 알기 어렵다. 샤랑송은 제르포가 전날과 전전날의 협상을 성공적으로 타결한 것을 축하했고, 두 사람은 추가 수당이 제르포의 은행 계좌로 7월 중에 입금되는 것으로 합의를 보았다. 샤랑송이 글렌리벳* 두 잔을 따랐다. 그가 건넨 잔을 받으며 제르포가 말했다.

"감사합니다."

"저놈들은 완전히 맛이 갔어. 자네 68년도 기억하지, 놈들은 7월 중순까지도 파업을 계속했다고. 근데 자기들이 뭘 원하는지도 몰랐단 말일세, 기억나나?"

"놈들이 그걸 알게 되는 날엔 사장님과 저는 사업을 시작하든가, 당장 짐을 싸든가 해야겠지요. (그가 글렌리벳을 한 모금 마셨다.) 놈들이 원하는 건 자본주의의 몰락입니다."

---

* 스카치위스키의 일종.

"이 친구야, 내 말이 그 말일세."

샤랑송이 건성으로 동의했다.

자기 사무실로 돌아온 제르포는 여전히 쯔엉 양의 에로틱한 도발을 견뎌야만 했다. 제르포가 이미 방 안을 정돈해두었음에도, 쯔엉 양은 사무실 안을 계속 오가며 방을 정리했다. 몸을 최대한 구부린 채 물건들을 옮겼고, 과시하듯 눈의 먼지를 빼냈으며, 에어프랑스사의 달력, 일정표, 액자 따위를 똑바로 세운다며 까치발을 한 채 허벅지와 엉덩이, 가슴과 팔을 한껏 펼쳐 보였다. 그렇지만 제르포는 분명히 알았다. 저 엉덩이에 손을 대는 순간, 그녀는 비명을 지르고 사방을 떠들썩하게 하며 저 강렬한 새빨간 손톱으로 남자의 뺨을 할퀼 것이라는 사실을. 제르포는 쯔엉 양을 아래층으로 내려보내 〈프랑스 수아르〉를 찾아오게 했다(집에 〈르몽드〉를 들고 오는 담당은 베아였다). 지면에는 3, 7, 12라는 복권 당첨 번호가 나와 있었다. 폭동을 일으킨 볼리비아 농민 6천 명을 향해 전차와 전투기가 출동했다. 어느 에스키모인이 보잉 747기를 북한으로 하이재킹하려다가 사살되었다. 브르타뉴 지방의 트롤선 하나가 선원 열한 명을 실은 채 해상에서 실종되었다. 100세를 맞이한 노인 하나가 이제부터는 좌파당에 투표하겠다는 뜻을 밝혔다. 정부가 일련의 급진 정책을 준비했다. 바랭 지방에 외계 생명체가 출몰해 어느 철도 건널목 감시 요원의 개를 주인이 보는 중에 훔쳐 갔다. 미국 웨스트코스트(서부 해안)의 최신 유행을 따라 어느 커플이 지중해 프랑스 해안에서 공공연히 껴안고 있다가 헌병에게 제지당하고 체포되었다. 제르포는 만평에 잠시 눈길을 주었다가 신문을 휴지통에 내던졌다. 쓰엉 양이 말했다.

"가볼게요."

"내일 봐요."

"내일이라뇨?"

"아, 맞다, 깜박했네. 그럼 8월 1일에나 보겠군. 휴가 잘 보내요."

"즐거운 휴가 보내세요."

쓰엉 양이 가버렸다. 제르포는 잠시 후 자리를 떴다. 저녁 7시가 다 된 시각이었고, 베아를 만나러 펠드먼의 시사회장에 가기엔 너무 늦었다. 어쨌든 영화를 볼 마음도 없었지만. 두 시간 전에 진작 퇴근할 수 있었으나, 제르포는 휴가 전날에도 자신은 열심히 일하며 맡은 업무보다 훨씬 많은 일을 한다는 점을 보여주고 싶었다.

리 코니츠와 레니 트리스태노*의 협연이 카세트 플레이

---

*   각각 재즈색소폰, 재즈피아노 연주자.

어에서 흘러나오는 가운데 꽉 막힌 도로를 45분간 아주 느리게 달린 후, 제르포는 파리 13구의 본인 아파트 지하 주차장에 메르세데스를 주차해놓고서 집으로 올라갔다. 딸들이 지역 뉴스를 보는 중이었다. (아이들은 TV 프로나 영화라면 무엇이든 보았다. 지역 뉴스와 〈아나타한〉* 따위의 영화 사이에 차이를 두지 않았다.) 아이들의 짐과 베아의 짐은 90퍼센트 정도 꾸려져 있었다. 제르포는 샤워하고 옷을 갈아입은 뒤, 중요한 물건은 모조리 빠뜨린 느낌으로 자신의 짐을 쌌다. 그러고는 딸애들에게 하인즈 샐러드 소스를 친 냉육과 불가리스 요구르트를 차려주었다. 그 후 아이들을 재우러 보내고는 텔레비전을 껐는데, 그런 제 아빠를 향해 아이들은 작은 목소리로 진지하게 욕을 했다. 잠시 후 베아가 기분 좋은 모습으로 돌아왔다. 주방에 둘러앉아 샐러드 소스를 친 냉육을 함께 먹을 동안, 베아는 그날 아침 마리아가 자신에게 휴가를 떠나 있을 동안 아파트 열쇠를 좀 빌려달라고 애원했다는 얘기를 했다. 본인 말로는 그 베르베르 출신 애인과 헤어졌다나, 그래서 그자가 마리아를 죽이겠다며 찾아다닌다는 것이었다. 그 남자 말인데 마리

---

* 서른한 명의 남자와 홀로 섬에 남겨진 여인의 비극적인 실화를 바탕으로 한 미국·일본 합작영화.

아보고 거리로 나앉으라고 했던 놈 아냐, 제르포가 물었다. 그러자 베아가 티슈로 입가를 닦으며 그거야 그냥 농담이지, 하고 말했다. 마리아는 애인을 우리 집으로 데려와 저기 양주장에 든 것을 마셔가며 남자랑 한판 뜨려고 하는 얘기라고. 그러자 제르포가 이의를 제기했다. 그래도 그 남자가 정말로 마리아를 쫓아다니는 중일 수도 있잖아, 마리아가 가엾군. 그 말에 베아는 마리아가 가엾다니, 그 여잔 얼마든지 제 몸을 스스로 지킬 수 있다며 화제를 마무리했다.

저녁 식사를 마친 후 두 사람은 쓰레기 투입구 속에 접시를 버렸고 남은 식기류를 닦아서 건조대에 놓았다. 짐 싸기를 마무리한 후 이를 닦고는 침대에 누워 책을 몇 페이지 읽었다. 베아는 에드가 모랭*의 최신간을, 제르포 자신은 존 D. 맥도널드**의 구간을. 그러고는 잠들었다. 제르포는 새벽 2시가 좀 넘은 시각에 잠을 깼고, 설명할 수 없는 심각한 불면증에 사로잡혔다. 그는 수면제 반 알을 약간의 우유와 함께 삼켰다. 새벽 3시경이 되자 무리 없이 다시 잠들었다. 다음 날 모두가 아침 일찍 일어나 바캉스를 떠났다. 제르포가 일부러 6월 29일부터 휴가를 받으려 했던 만큼, 도로 통행

---

*   현대 프랑스를 대표하는 사회학자, 철학자.
** 하드보일드 추리소설 작가.

이 원활했다. 그 외에도 고속도로로 이동한 덕분에 제르포 가족은 별로 속도도 내지 않으며 점심 식사 시간을 포함해 일곱 시간 만에 목적지에 도달했다. 6월 29일 저녁, 그들은 마침내 생조르주드디돈에서 잠이 들었다.

그리고 다음 날, 누군가가 조르주 제르포를 죽이려 했다.

6

6월 30일에 조르주 제르포를 죽이려 했던 남자들 중 하나가 6월 29일 11시 50분, 제르포의 아파트 입구로부터 50미터 떨어져서 주차된 란치아 베타 베를린 1800 안에 앉아 있었다. 뒷좌석에는 여행용 철제 캐리어 두 개가 놓여 있었다. 그중 하나에는 옷과 세면도구, 이탈리아어로 된 SF 소설책 한 권, 아주 날카롭게 벼린 정육용 나이프 세 개, 칼 가는 쇠줄 하나, 알루미늄 손잡이에 피아노 줄 세 개를 달아 만든 교살 도구, 가죽으로 겉을 싼 철제 곤봉, 1950년형 스미스앤웨슨 45구경 리볼버, 소음기가 달린 베레타 70T 자동권총이 들어 있었다. 또 다른 캐리어에는 옷과 세면도구, 6미터 길이의 나일론 실, 약실에 9mm탄이 든 SIG P210-5 자동권총이 들어 있었다. 차량 바닥에 놓인 천 가방 속에는 고성능 쌍안경과 M6 소총이 있었다. 이 M6는 미 공군에서 사용하는 것과 같은 모델로, 접이식 개머리판에 22구경 소총탄과 410구경 산탄 모두 사용 가능한 기종이었다. 이런 무기를 인상적으로 여겨야 할까, 아니면 그저 기이하다고 봐야 할까? 란치아의 트렁크 속 두꺼운 나무 케이스에는 다양한 종류의 탄약이 들어 있었다. 운전석에는 한 남자가 좌석 등받이에 등을 대고 고개를 깊숙이 파묻고는 가죽 핸들 커버에 만화 잡지를 올려놓은 채 앉아 있었다. 〈스트레인지〉라는 이 잡지는 캡틴 마블, 대담무쌍한 데어데블, 스파이더, 그 외 여러 히어로의 모험담을 들려주었다. 남자는 입술을 달싹거리며 굉장히 집중해서 읽었다. 일련의 감정이 그의 얼굴을 차례로 스치고 지나갔다. 책에 상당히 빠져든 모습이었다.

잠시 후 또 다른 남자, 검은 곱슬머리에 아름다운 푸른 눈이 인상적인 남자가 조르주 제르포의 아파트에서 나와 란치아로 들어가 파트너 옆에 앉았다. 파트너는 자동차 도어포켓 속에 〈스트레인지〉를 집어넣고는 당황한 기색으로 코를 벌름거렸다.

"기름 냄새가 나는걸."

그러자 상대방이 말했다.

"튀김, 튀김 냄새야. 관리인 여자가 튀김을 했어. 조르주 제르포는 한 달간 바캉스를 떠났대. 여기 주소도 있어. 생조르주드디돈, 우편번호는 17이야."

살인 청부업자들은 일단 검은 머리 남자의 수첩을 보며 우편번호 17이 어느 지역에 해당하는지를 확인했고 그것이 샤랑트마리팀주(州)라는 것을 알아냈다. 그다음에는 오른편 차량용 햇빛 가리개에 고무줄로 고정돼 있던 프랑스 고속도로 지도책을 꺼냈다. 두 사람은 지도책을 살펴보며 생조르주드디돈의 위치를 확인한 뒤 이동 경로를 정했다. 새치 머리 남자가 말했다.

"밟으면서 갈게. 오늘 저녁이면 도착할 거야."

그러자 검은 머리에 까무잡잡한 얼굴의 남자가 끈질기게 말했다.

"아, 젠장, 집어치워! 놈은 어디 안 갈 거라고. 일단은 배부터 거하게 채우자. 그런 다음에는 관광도 좀 하는 거야. 진짜로, 안 될 거 없잖아."

"테일러 씨가 빨리 가라고 했잖아, 카를로."

"테일러 그자가 과연 뭐라고 할까? 딱히 별말 안 해. 자기 집에서 아주 잘 지내고 있다고."

새치 머리 남자가 콧구멍을 신경질적으로 벌름거렸다.

"근데 카를로, 너 진짜 기름 냄새랑 튀김 냄새가 나."

"짜증 나게 굴기는!"

카를로가 외쳤다. 그가 뒷좌석으로 몸을 돌리더니 캐리어 하나를 열었다. 세면도구 파우치를 꺼내 그 안에서 깁스 애프터셰이브 로션병을 집어 들었다. 그는 내용물을 손바닥에 떨어뜨리고는 그것으로 양 뺨과 겨드랑이를 문질렀다. 그러고는 짐을 다시 정리했다. 새치 머리 남자가 말했다.

"급하지 않다면 가다가 뤼드에 들를 수도 있지. 거기 정말 예뻐. 근사한 성이 있다고."

그러자 카를로가 말했다.

"그럼 거기 가보지, 뭐. 시동 안 걸고 뭐 해? 여기서 천년 만년 죽치고 있을 수는 없잖아."

7

제르포가 주방을 뒤적이면서 욕설을 중얼대는 소리를 들으며 딸아이들이 아래층으로 내려왔다. 아이들이 너무 일찍 일어났다고 생각했지만 제르포는 잔소리하지 않기로 했다.

두 딸은 옷을 다 차려입은 채였다. 제르포는 청 반바지와 라코스테 셔츠를 간신히 찾아내 입고는 셋이서 메르세데스를 타고 해변으로 떠났다. 벌써부터 날이 뜨거웠다. 해변은 한적하기 그지없었다. 나무 소재의 간이식당은 문을 열 기미를 보이지 않았다. 메르세데스가 우회전해 조용한 놀이공원과 묘지를 따라가더니 결국에는 좌회전하여 어느 골목길에 멈춰 섰다. 근처에는 추리소설과 알록달록 색칠한 조개껍질, 이탈리아어를 번역한 만화책 따위를 파는 고물상이 있었다. 제르포와 딸들은 문을 연 카페를 찾아냈고, 구멍이 숭숭 뚫린 빨간색, 노란색, 하늘색 플라스틱 의자에 앉았다. 세 사람은 그릇에 담겨 원두 찌꺼기가 둥둥 떠다니는 회색의 카페오레를 마셨고 근처 제과점에서 산 버터 크루아상을 먹었다. 그러고는 되돌아왔다. 바람이 불고 해변 도로 위로 모래알이 휘날리자, 나무 화분에 심긴 어린 나무들이 식충식물처럼 몸을 떨었다. 제르포의 가슴팍 아래서 카페오레가 기름 덩어리처럼 엉겨들었다.

그는 숙소 입구에 차를 세워뒀다. 블라인드를 올리고 창문을 열어둔 거실에서는 베아가 큼지막한 흰색 목욕 가운을 걸친 채 포트넘앤메이슨의 '스페셜 포 브렉퍼스트' 차에 비스킷을 적셔 먹고 있었다. 그녀가 입가에 붙은 과자 조각 하나를 떼어냈다.

"어디 갔다 왔어? 대체 무슨 바람이 불었대? 바다라도 보러 갔던 거야?"

"우린 아침 먹었어요! 아침 먹었다고요."

두 딸이 거실 밖으로 떠들썩하게 뛰어나가 계단을 올라갔다.

제르포가 탁자 앞에 앉자 베아가 물었다.

"숙소는 마음에 들어?"

"제기랄. 대체 왜 멀쩡한 호텔로 가지 않는 건데? 빌어먹을, 북아프리카나 카나리아제도나 그런 데 말이야. (그만해, 험한 말 그만하라고, 베아가 군소리했다.) 어디든 상관없어, 새벽 5시 반에 해가 뜨는 곳만 아니면 말이야. 개 짖는 소리나 닭이 울어대는 소리, 이놈의 끔찍한 소음이 들리지 않는 곳이라면 어디든 상관없다고. 왜 그런 데로 안 가는 건지 얘기 좀 해줄래? 우린 얼마든지 5성급 호텔에 갈 돈이 있다고. 근데 대체 왜 안 가는 건데?"

"당신도 알잖아, 말해봤자 입만 아프다고. 그냥 날 괴롭히
고 싶은 거지, 지금."

"내가 당신을 괴롭히려고 한다고? 맙소사!"

"당신은 그러고 싶겠지. 하지만 난 괴롭힘당할 생각이 없
어. 그러니 말해봤자 입만 아프다고. 여기가 맘에 안 들면
당신은 그냥 파리로 돌아가."

"여기가 맘에 안 들면이라고! 맙소사!"

그렇게 말하는 제르포의 시선이 거실 안을 이리저리 오
갔다. 곰팡내 나는 가죽 소파, 마찬가지로 곰팡내 나는 안
락의자, 앙리 2세 양식의 찬장 두 개, 상다리가 화려하게 조
각된 육중한 식탁 두 개, 의자 열 개(찬장 두 개, 식탁 두 개,
의자 열 개라니, 맙소사!) 그리고 거실을 향해 곧바로 열리
는 화장실 문에는 짧은 반바지에 돌돌 말린 양말, 곱슬곱슬
한 금발, 장난기로 반짝이는 푸른 눈, 혈색 좋은 장밋빛 뺨
의 소년이 몽마르트르의 가스등에다가 오줌을 싸며 관람객
에게 애교스럽게 고개를 돌리는 그림이 장식돼 있었다.

제르포의 멍한 눈빛을 잘못 짚은 베아는 남편의 마음이
누그러졌다고 생각하며 그의 팔에 손을 올렸다. 당신이 운
전하느라 몸이 지친 데다 잠을 제대로 못 자서 그런 거라
고, 자신은 충분히 이해한다고 말했다. 이 숙소가 흉측스러

운 것은 분명하지만, 여기 갇혀 지내려고 해변으로 온 건 아니지 않느냐, 그리고 이곳을 좀 정돈할 셈이다, 저 끔찍한 그림들 좀 떼어내고 식탁 하나를 창고에 넣어두자면서. (맙소사! 당신 저게 얼마나 무거운지 몰라? 제르포가 불평했다.) 침실은 썩 나쁘지 않으며, 정원은 정말 괜찮다고 말이다.

제르포가 말했다.

"매년 휴가철마다 점점 더 안 좋아지는 것 같아. 사실 그렇지는 않은데 말이지."

그러자 베아가 단호한 어투로 말했다.

"해마다 당신은 이곳에 다시는 발도 들이지 말자고 하지. 근데 숙소를 방문해보자 하면 싫다고 그래. 결국 결정의 순간이 다가오면, 우린 막판에서야 작년 숙소가 그리 나쁘지 않았다는 결론을 내리는 거야. 다만 우리 둘 다 직접 여기 와볼 짬은 절대 나질 않으니 우리 엄마가 숙소를 고르는 거고, 그러니 사실상 선택의 여지가 없는 셈이잖아."

제르포가 말했다.

"올해엔 선택의 여지가 분명 있다고 생각했는데." (그는 탁자에서 일어나 물가 상승과 하락, 경기 회복, 실업 등에 관해 말했고, 사람들이 얼마나 타성에 젖어 있는지, 언제나 8월에만, 다른 때도 아니고 꼭 8월에만 휴가를 간다는 사실 따위를 중얼거리기 시작했다. 그래서 그는 7월에 휴가를 간다면 무엇이든 고를 수 있을 거라고 확신했던 것이다.)

"물은 이미 엎질러졌다고."

"당신 어머니는 제정신이 아니야."

"맞아, 우리 엄만 제정신이 아냐."

베아가 어이없을 정도로 태연하게 말했다.

"엄마 집에서 점심을 먹을 거야. 그리고 당신은 부디 면도를 하고 예의 바르게 굴어줬으면 좋겠어."

제르포는 웃음을 터뜨렸다. 그러다가 의자가 뒤로 넘어가버렸고, 그러고도 오랫동안 웃었다. 고개를 뒤로 젖히고 마구 저어가며, 자기 허벅지를 신나게 때려가며 웃어댔다. 베아는 평온하게 비스킷을 다 먹었다. 제르포가 웃음을 멈추더니 눈가에 맺힌 눈물을 닦으며 말했다.

"머잖아 어느 날 갑자기 미쳐버릴 것 같아. 그리고 당신은 그걸 알아채지도 못하겠지."

"미쳐서 좀 달라지는 게 있다면야 당연히 알아차리겠지."

베아의 말에 제르포가 서글프게 말했다.

"그것참, 웃기네. 정말 웃겨. 유머 감각이 대단한걸."

그는 씻고 면도하러 갔다. 타월을 수건걸이에 다시 걸어둔 순간, 수건걸이가 와장창 소리를 내며 약간의 석고 덩어리와 비틀린 나사 두 개와 함께 벽에서 떨어졌다. 제르포는 바닥에 떨어진 타월과 수건걸이, 석고 덩어리를 그대로 놔두었다. 제르포 가족은 장을 보러 차를 몰고 쿠프*로 향했다. 그 덕에 온갖 전분 덩어리와 기름 덩어리, 치즈, 우유, 술, 포도주, 생수, 탄산수를 비축해놓게 되었다. 딸들은 TV를 대여하자고 귀가 따가울 정도로 요구해댔다. 그 말에 제르포가 대답했다.

"여기선 아무것도 안 잡혀."

"그럼 작년에는? 작년엔 어떻게 했던 거예요?"

"외부 안테나가 필요해."

아이들은 의자를 엎어뜨리며 바깥으로 달려 나갔다. 그러더니 지붕에 커다란 안테나가 달려 있다고 고함을 치며 되돌아왔다. 제르포는 백기를 들고는 필요한 조치를 취하겠다고 말했다. 그러자 아이들이 물었다.

"언제요? 언제 할 건데요?"

"오늘 오후에. 루아양**에 다녀올게."

그러자 아이들은 무슨 버튼이 눌린 것처럼 곧바로 조용해졌다. 이후 제르포 가족은 베아의 어머니와 점심 식사를

---

*   협동조합 형식으로 운영되는 유명 슈퍼마켓.
** 생조르주드디돈이 위치한 샤랑트마리팀주의 또 다른 시. 차로 20분 이내 거리다.

하러 그녀의 집으로 걸어갔다.

"꼭 루아양에 가서 TV 빌려 오세요."

그 지긋지긋한 노인네의 집에서 나오면서 아이들이 제 아빠에게 다시금 상기시켰다.

제르포는 메르세데스를 타고 루아양에 TV를 빌리러 갔다. 돌아오는 길에 그는 란치아 베타 베를린 1800 한 대를 추월했다. 도무지 익숙해지지가 않는 흉측한 빈집에다가 TV를 설치했다. 마침내 옷을 벗고 우중충한 녹색 수영복을 꿰입고 다시 옷을 걸친 뒤 베아와 딸들과 합류하러 해변으로 갔다.

때는 오후 5시. 생동감 없는 태양이 찌는 듯 뜨거웠다. 물가 상승과 하락 등등에도 불구하고, 게다가 6월 30일이었는데도 모래사장과 물속에는 사람이 꽤 많았다. 제르포는 사흘 내내 계속 이럴까 싶었다.

족히 5분은 걸려서야 베아와 딸아이들을 찾아냈다. 세 사람 모두 물에 몸을 담갔다가 30분간 일광욕을 즐기고선 옷을 걸친 후였다. 베아는 청바지에 크레이프 천 소재 블라우스 차림으로 선베드에 앉아 알렉산드라 콜론타이*의 책을 읽고 있었다. 딸아이들은 티셔츠에 멜빵바지를 입은

---

*   러시아 여성 혁명가. 세계 최초의 여성 외교관.

채 모래 장난을 하고 있었다. 제르포는 베아 옆의 접이식 선베드에 앉았다. 딸들은 TV가 설치됐는지 확인하러 달려갔고 이내 만족한 채 되돌아와 땅을 파고 놀았다. 제르포는 수영 팬츠만 남기고선 전부 벗었다. 너무 희끄무레한 본인의 피부가 신경에 거슬렸다. 그는 혼자서 물에 몸을 담그러 갔다.

잠시 후, 두 명의 살인 청부업자가 해변에 주차된 란치아에서 나왔다. 둘 다 수영 팬츠 차림이었다. 두 사람 다 몸에 군살이라고는 요만큼도 찾아볼 수 없었다. 그보다는 굉장한 근육질이었는데, 보디빌더처럼 부담스럽지 않은 보기 좋은 몸매였다. 바다를 향해, 제르포에게 다가가는 동안 두 사람은 제각기 상대의 몸매를 보고 슬그머니 감탄했다.

한편 제르포는 별다른 감흥 없이 차가운 물에 들어갔다. 제일 먼저는 음경과 고환을, 다음에는 배꼽을 차례로 담갔다. 그 순간 몸을 옹송그려 물속에 쑥 들어갔다. 이제 그는 지롱드강에 휘발유와 빈 골루아즈 담뱃갑, 먹고 버린 복숭아 씨앗, 귤껍질, 아주 약간의 오줌까지 섞여 든 바닷물 속을 120센티미터가량 헤엄쳐나갔다. 제르포 주변에는 한 무리의 어린아이들과 깔깔 웃어대는 십대 소녀들, 비치볼을 가지고 노는 무리, 건장한 노인네들이 가득했다. 심지어는 새빨간 수영 팬츠를 입은 흑인도 한 명 보였다. 사방팔방으로 사람이 가득했다. 제르포 바로 옆 사람들 가운데 가장 가까운 사람과의 거리는 3미터가 채 안 되었고, 어느 쪽이든 가장 멀리 떨어진 사람과의 거리는 25미터 정도였다. 수영 팬츠 차림의 두 살인 청부업자가 다가오는 동안, 제르포는 그들에게 아무런 관심도 기울이지 않았다. 그래서 더 깜짝 놀라고 말았다. 제르포가 물속 땅바닥을 밟으며 잠시 숨을 돌리는 중에, 두 살인 청부업자 중 더 젊은 쪽이 제르포의 명치를 둔중하게 가격했던 것이다.

제르포가 입을 벌린 채 앞으로 천천히 쓰러지자 물이 입 속으로 들어왔다. 더 젊은 살인 청부업자가 제르포의 허리를 양손으로 잡아 신체 중앙을 물속에 집어넣었다. 새치 머리 남자가 왼손으로 제르포의 머리채를 잡더니 오른손으로는 인두(咽頭) 부근의 살갗을 찌르며 목을 움켜쥐었다. 제르포의 목을 졸라대며 머리가 물 바깥으로 나오지 못하도록 했다.

처음 가격당했던 순간, 제르포의 명치는 마침 물에 잠겨 있던 차였다. 상대의 주먹이 표면에 닿는 정도로 끝나는 바람에 타격이 훨씬 줄어들었다. 그 덕분에 지금 제르포는 원래 예상과는 달리 완전히 대응 불가능한 상태는 아니었다.

시야에 아무것도 보이지 않고, 물이 기관지 속으로 자유로이 흘러 들어가는 것이 느껴지는 가운데, 자신의 성문(聲

門)[*]이 두 번째 살인 청부업자의 손가락 사이에서 진동하고 있었다. 제르포는 바닷물 속을 더듬거려 한 쌍의 허벅지를 스쳐 지나간 뒤, 나일론 소재 수영 팬츠 너머의 성기를 붙잡아 세게 당겼다. 그러자 목을 붙잡은 손이 풀렸다. 제르포가 물 바깥으로 고개를 꺼냈다. 상대가 그의 머리와 관자놀이를 가격하더니 다시 붙잡아 물속에 집어넣었다. 숨을 들이마실 틈도 없었다. 물로 흥건해진 시야에 웃고 떠드는 어린이들, 십대 소녀들, 공놀이 하는 사람들, 흑인의 이미지가 스치듯 지나가는 동시에, 귓가에서 웃음소리, 비명, 물보라가 폭발하듯 터져 나왔다(그리고 한 남자가 신경질적으로 소리를 질렀다. "로제! 이쪽으로! 이쪽으로 넘기라고!"). 그리고 이 자그마한 세계 전체는 제르포가 암살당하는 중이라는 사실을 전혀 인식하지 못하고 있었다. 제르포는 상대가 기대하듯 물 바깥으로 재차 나가려는 대신, 밑바닥을 향해 머리를 결연히 움직였다. 더 젊은 살인 청부업자의 손에서 허리를 간신히 풀어낸 뒤 물속에서 한 바퀴 공중제비를 돌았다. 담즙을 토해내며 물 바깥으로 올라온 제르포가 젊은 쪽의 턱에 박치기를 했다. 그러자 누군가가 제르포의 허리에 망치 같은 주먹을 날렸고, 그때 그의 머릿속에는 단

* 양쪽 성대 사이의 공간.

한 가지 죄악에 찬 생각만이 떠올랐다. **으스러뜨려, 저 빌어**
먹을 놈들의 눈깔을 터뜨려버려, 널 죽이려 하는 저 새끼들의
불알을 뿌리째 뽑아버리라고!

8

그리하여 영원처럼 느껴지던 순간이 지나자 두 살인 청
부업자는 도망치기 시작했다. 사냥감의 목숨을 끝장내지
못했기 때문이다. 사냥감이 상당량의 물을 튀기며 매 순간
자신들의 눈알을 손톱으로 끄집어내려 하는 성난 기계처
럼 변해버렸기 때문에. 게다가 곧이어 제르포는 숨을 충분
히 들이마셔 비명을 지를 수 있게 될 터였고, 그럼 아무 근
심 없이 노는 데 골몰하며 자기 일에만 빠져 있던 주변 사
람들도 무언가 이상하다는 사실을 알아차릴 터이므로. 더
욱이 이 어마어마한 인파 가운데서, 허리까지 오는 물을
헤치고 길을 내서 나아가야 했다. 두 살인 청부업자는 그
점이 전혀 마음에 들지 않았다. 그래서 도망치기 시작했다.
　잠깐 동안, 제르포는 욕설과 신음을 내뱉어가며 계속해
서 혼자 싸웠다. 그가 호흡을 되찾으며 상대가 자신을 정말
로 포기했다는 사실을 알아차릴 때쯤, 두 남자는 이미 뭍으
로 올라간 뒤였다. 잠시 후에야 제르포는 해변으로 종종걸
음을 치며 올라가는 두 남자를 발견했다. 둘 중 키가 작고
까무잡잡한 쪽은 한쪽 다리에 피가 살짝 흐르는 채로 절뚝
대며 걸었다. 이내 두 남자는 해변을 벗어나 도로를 건너더

니 제르포의 시야에서 사라져버렸다. 해변 도로의 높이가 해변보다 더 높은 데다, 난간이 자리해 있었고 해변 주차가 금지되어 있었다. 1분 후 새빨간 스포츠카 한 대가 황급히 출발하더니 가버렸다. 제르포는 팔로 어정쩡하게 차를 가리켜 보였으나 저 차가 자신을 공격한 자들의 차가 맞는지도 확신할 수 없었다. 그가 팔을 도로 내렸다. 주변에서 해수욕을 하는 사람들 사이로 시선을 돌렸다. 그러고는 확신 없는 말투로 외쳤다.

"살인마다!"

흑인이 제르포를 향해 의심스러운 눈초리를 보내더니, 이내 흠잡을 데 없는 완벽한 자유형을 선보이며 멀어져갔다. 또 다른 이들은 계속해서 서로 물을 튀겨대고 비치볼을 가지고 놀며 깔깔거리고 비명을 꺅꺅 질러댔다. 제르포는 고개를 저었고 심호흡을 하며 해변으로 천천히 되돌아갔다. 베아와 딸들에게로 돌아갔다. 다리에는 힘이 전혀 들어가지 않았고 목구멍은 타는 듯 뜨거웠다. 그가 자신의 선베드에 앉았다. 베아가 읽던 책에서 눈을 떼지 않은 채 물었다.

"어때, 좋았어?"

그러자 제르포가 돌연 쉰 목소리로 말했다.

"그러니까, 당신이 이 황당무계한 장난을 계획한 거야?"

"응? 그게 무슨 소리야? (그녀가 제르포에게 고개를 돌리고는 선글라스를 코끝으로 밀어냈다. 안경테 너머로 눈을 크게 뜨더니 자못 초조한 기색으로 남편을 살펴보았다.) 목이 왜 그래? 온통 새빨개."

"아냐, 별거 아냐."

제르포가 무뚝뚝한 어조로 말했다. 베아가 그 말에 눈썹을 치켜올리더니 다시 콜론타이의 책으로 시선을 던졌다. 제르포가 '버몬트의 달빛(Moonlight in Vermont)'*을 휘파람으로 네 소절 정도 부르다가 돌연 멈추더니 불안정한 시선으로 베아를 쳐다보았다. 선베드에 앉아서 몸을 돌린 뒤, 바닷가와 해변 보도를 주의 깊게 살펴보고 두 눈을 껌벅여보았지만 이상한 징후는 전혀 보이지 않았다. 사실 두 명의 살인 청부업자들은 이곳에서 4킬로미터 떨어진 어느 식당 겸 카페에 자리해 있었다. 불평을 늘어놓으며 투덜거렸고, 자신들의 어처구니없는 실패를 위로하고자 굴 스물다섯 개에 세브르에맨의 뮈스카데 백포도주 한 병을 주문한 참이었다. 다시금 제르포는 선베드에 앉은 채 자세를 바꾸었고, 허리를 숙여 베아의 해변용 가방을 뒤지더니 노동운동 경험

---

*   재즈기타리스트 조니 스미스의 대표작인 재즈 스탠더드 넘버. 색소폰 연주자 스탠 게츠가 참여했다.

에 관한, 카스토리아디스*라는 작자의 책 한 권을 끄집어냈
다. 잠시 동안 책을 읽는 척했다. 얼마 후 해가 저물자 제르
포와 베아와 딸들은 숙소로 돌아와 옷을 갈아입고 머리를
정돈했다. 그러고는 다시 바깥으로 나갔고, 바닷가 근처에
놀이공원과 자전거 대여소 옆에 자리한 브르타뉴식 크레이
프 전문점에 들어섰다. 베아는 요리하는 걸 싫어했다. 일행
은 식사를 빠르게 해치웠는데, 아이들이 그날 저녁 TV에서
방영될 영화 시간에 맞춰 돌아가고 싶어 했기 때문이다. 영
화는 〈픽 포켓〉, 감독은 새뮤얼 풀러였다.** 제르포는 자신의
기분을 더는 감당할 수 없었다. 오후 8시 25분경, 그는 담배
사러 간다고 말하고는 생조르주드디돈의 거리를 정처 없이
떠돌았다. 밤이 되자 제르포는 두 남자가 제 눈앞에 다시
나타나 자신을 공격해 오길 바랄 정도의 심정이 되었고, 단
지 불안감을 잠재우기 위해서이긴 했지만 바닷가로 되돌아
갔다. 루아양으로 향하는 버스가 한 대 지나갔다. 제르포는
그 차를 잡아탔다. 루아양에서도 정처 없이 돌아다녔다. 밤
10시에 루아양 역에서 파리행 기차를 탔다. 그날 저녁 루아
양에서 방황하던 때를 나중에 돌이켜보니, 떠오르는 것은

*   그리스 태생으로 이후 프랑스에 귀화한 철학자.
**   원제는 Pickup on South Street, 1953년 작.

기이하게도 '오두아드페*'라는 수예 전문점의 포스터뿐이
었다.

란제리, 남성용 셔츠, 양말류, 수예용품, 고급 란제리, 신생아
의류, 레이스, 장신구, 턱받이, 고급 손수건, 단추류, 무변형 보
정 코르셋(가터벨트가 없어도 절대 말려 올라가지 않음), 각종
거들과 브래지어 취급. 그 외에 주름 가공, 오픈워크 자수, 단추
및 단춧구멍 작업, 풀린 올 수선, 버클 작업 가능.

*　'요정의 손가락에'라는 뜻.

9

제르포가 우려될 정도로 흥분하여 리에타르에게 말했다.

"근데 말이야, 루아양 하면 뭐가 떠오르는지 알아? 수예 전문점의 포스터가 떠오른다니까! 달달 외울 지경이야." (그러더니 광고문을 줄줄 늘어놓았다.)

"커피 좀 마셔."

리에타르의 말에 제르포가 본인 몫의 커피를 마셨다. 그는 '악시옹-포토'라는 가게의 안쪽 방에 앉아 있었다. 리에타르가 파리 근교의 이시레물리노 시청으로부터 멀지 않은 곳에서 운영하는 이 가게는 사진용품, 필름, 카메라, 쌍안경, 망원경, 그 외 다양한 장비를 취급했다. 리에타르는 빨간 셔츠에 낡아빠진 검은 바지 차림이었다. 지적인 분위기를 풍기는 기다란 얼굴에 부드러운 몸가짐의 소유자였지만, 그런 특징들은 눈속임에 불과했다. 그는 좋지 않은 시기에 샤론 지하철역 입구에 있었으며* 거기서 살아 나온 사람 중 하나였다. 이듬해, 병원에서 퇴원한 지 여섯 달 후 리에타르는

* 1962년 2월 파리의 샤론 지하철역에서 발생한 경찰의 폭력 사건. 알제리 독립에 반대하는 비밀단체 OAS와 알제리 전쟁을 반대하는 시위자들을 대상으로 했다.

밤중의 브랑시옹 거리에 혼자 있던 어느 무장 경찰을 공격했다. 곤봉으로 수차례 가격해 경찰을 때려 죽인 후, 갈비뼈 두 대와 턱뼈가 온통 부서진 시신을 발가벗겨서 보지라르 도살장 철창살에 수갑을 채워놓고서는 버리고 달아났다.

리에타르가 말했다.

"엄청 피곤하겠네. 기차에서 잠은 좀 잤어?"

"아니, 전혀!"

"2층에서 좀 쉬지 그래. 좀 쉬어야 해."

"잠이 안 와."

"수면제 줄까?"

"소용없을 텐데."

"그래도 먹어봐."

리에타르의 말에 제르포는 나지막하게 뭐라고 중얼댔다. 리에타르가 하얀 알약 두 개와 물 한 컵을 가져다줬다. 제르포는 그대로 삼키고는 말했다.

"헛소리라고 생각하지?"

"딱히 별생각이 없어. 그냥 얘기를 들었지. 가게 열어야 해. 봐봐, 벌써 9시야."

제르포가 고개를 살짝 끄덕였다. 리에타르가 탁자에서 일어나 가게로 들어갔다. 가게를 열자마자 코다크롬X 36방 필름 한 통을 사려는 손님을 상대해야 했다. 리에타르가 안쪽 방으로 되돌아왔을 때, 제르포는 반쯤 잠든 채 탁자 구석에 쓰러져 있었다. 리에타르가 그를 도와서 안쪽의 나선형 층계로, 삼베 매트가 깔린 계단을 밟으며 올라가도록 했다. 제르포는 스스로 옷을 벗고 자리에 누웠다. 곧바로 코를 골기 시작하더니 드르렁드르렁 소리를 냈다. 한번은 잠에서 반쯤 깨어나 사위가 밝은 것을 어렴풋이 깨달았고, 자신이 지금 어디 있느냐고 묻더니만 다시 잠들었다. 다시 깨어났을 때는 덧문 너머로 석양이 내려앉아 있었다. 제르포는 일어나서 옷을 입었다. 리에타르가 커피 잔 하나를 손에 든 채 나선형 계단에 나타났다. 제르포가 달려가 그를 붙잡았고, 그 바람에 잔에서 커피가 튀어 컵받침으로 흘러내렸다. 제르포가 말했다.

"이런 빌어먹을 자식! 우리 와이프한테 전화했나?"

"아니, 안 했는데. 왜? 전화해야 했던 거야?"

"경찰에 알렸어? 누군가에게 이 얘길 했나?"

리에타르가 당황한 기색으로 고개를 저었다. 제르포가 그를 붙잡은 손을 풀더니 미안한 듯 찌푸린 얼굴로 물러섰다. 리에타르가 제안했다.

"타타르 스테이크나 해 먹을까? 왕년에 자주 먹었잖아. 재료를 다 사놨어."

제르포가 그 말에 동의했다. 두 사람은 1층으로 내려왔고, 접시가 새카매질 정도로 겨자를 과하게 친 타타르 스테이크가 놓인 식탁에 마주 앉았다. 리에타르가 말했다.

"너 말이야, 혹시 요전 날 병원에다 실어 날랐다던, 그 교통사고 당한 남자 때문에 누군가가 널 제거하려 한다고 생각하는 거야?"

"내가? 대체 왜?"

"어제저녁에 네가 바로 그렇게 말했거든. 네가 그 남자를 차로 치거나 뭔가를 저질렀다고 오해받는 것 같다고, 그리고 그자의 친구들이 보복하려는 것 같다면서."

"잠깐, 무슨 말인지 이해가 안 되는데."

제르포가 고개를 세차게 젓자 리에타르가 되풀이해 말했고, 마침내 제르포가 대답했다.

"아, 그래, 그랬지. 어쨌든 잘 모르겠어."

"너, 경찰에 신고해야 해." (리에타르가 메도크 포도주를 따랐다.)

"그러고 싶지 않아."

두 사람은 고기를 우물거리며 잠시 서로를 마주 보았다. 리에타르가 물었다.

"여기서 며칠 머무를래?"

"아냐, 됐어."

"낼모레 TV에서 뭐 하는지 알아? 아, 너 그거 봤어? 어제 저녁에 풀러의 〈픽 포켓〉 봤어? 무려 프랑스어 더빙판이었다니까! 아, 그래, 너 그거 안 봤구나. 내가 무슨 얘길 하고 있었더라? 그래! 낼모레 TV에서 에드워드 러드윅의 〈성난 파도〉*를 방영한대. 그거 정말 엄청나다니까. 끝에 가서 울었잖아. 대체 왜 그런지는 모르겠지만 난 이 영화 볼 때마다 항상 미치는데, 그 부분, 죽은 사람들이 마지막에 가서 부활하는 부분 때문이야. 〈양귀비〉**나 〈유령과 뮈어 부인〉***처럼 말이지. 심지어 〈웨스트포인트〉****도 말이야, 볼 때마다 거지 같은 군국주의 영화라고 생각하지만, 끝에 가서 늘 그렇듯 도널드 크리스프와 나이 든 오하라가 짜잔! 하고 다시 등장하면 말이지……." (리에타르는 눈물이 얼굴을 타고 흐르는 흉내를 과장되게 해 보였다.)

"으흠, 그래."

제르포는 리에타르가 무슨 얘기를 하는 건지 전혀 짐작조차 못 한 채 대답했다.

그들은 타타르 스테이크와 포도주를 다 먹어치웠다. 밤

---

*   원제는 Wake of the Red Witch, 1948년 작. 19세기를 무대로 한 해양 모험물.

**   미조구치 겐지 감독의 1955년 작. 일본·홍콩 합작영화.

*** 원제는 The Ghost And Mrs. Muir. 조지프 L. 맹키위츠 감독의 1947년 판타지 로맨스 영화.

**** 원제는 The Long Gray Line. 존 포드 감독의 1955년 작 전쟁영화.

9시였다. 두 사람은 담배에 불을 붙였다. 제르포는 뭔가 틀어놓을 만한 음반이 없느냐고 리에타르에게 물었다.

"예를 들면 어떤 거?"

"웨스트코스트 스타일의 짤막한 블루스."

제르포의 말에 리에타르가 응수했다.

"**클라이너 프라우엔, 클라이너 리더, 아흐, 만 리프트 운트 리프트 지 비더**(Kleine Frauen, kleine Lieder, ach, man liebt und liebt sie wieder)."[*]

그러더니 이내 뜻을 풀이했다.

"**젊은 여인네들, 짤막한 노래들, 우린 늘 사랑하고 아낀다네.** 웨스트코스트 스타일의 짤막한 블루스라니, 딱 너답네. 미안하군, 친구. 난 하드한 비밥밖에 없어."

"우린 고등학교 때부터 취향이 달랐지."

제르포가 말했다.

곧이어 리에타르가 자기 이야기를 좀 했다. 가게 덕분에 근근이 먹고는 산다며. 결혼할 생각이 없다고 했다. 작년에는 미국 여자와 사귀었다고도 했다.

"시나리오를 하나 썼는데, 결말이 마음에 들지 않아. 결말을 제대로 내야 하는데. 그리고 미국의 거장 촬영감독들에

---

[*]   독일의 시인이자 철학자 프리드리히 폰 슐레겔의 시구.

관한 책을 쓸지도 모르겠어."

"베아가 있잖아. 와이프가 영화 홍보 담당자로 일하거든."

제르포가 말했다.

"오, 괜찮다. 다음번에 또 뭉치자고. 뭐, 꼭 그것 때문만은 아니고 그냥 얼굴 보자는 거야."

잠시 후 리에타르는 자러 가겠다고 말했고 제르포는 이만 가보겠다고 말했다.

"생조르주드디돈으로 돌아가는 거야?"

"모르겠어. 아마 그럴 거야."

"아무튼 흥분하지 말고. 그냥 미친놈들이나, 취해서 반쯤 맛이 가버린 놈들이 무턱대고 널 물속에서 공격했던 걸 거야. 알잖아, 미친놈은 세상 어디든 있다고."

"권총 좀 빌려줄래?"

제르포의 요청에 리에타르가 대답했다.

"그래서 좀 안심이 될 것 같다면 얼마든지 빌려주지. 그럼 서두르자."

두 사람은 얼른 2층으로 다시 올라갔다. 리에타르가 서랍장을 열자 낡은 헝겊으로 감싸놓은 케이스와 상자가 여러 개 보였다. 잠시 고민하던 그는 이내 지저분한 파란 헝겊에 싸인 상자를 풀고서는 자동권총 한 자루를 그 안에서 꺼냈다. 권총 측면에는 **보니파초 에체베리아 S. A. - 에이바르**

에스파나 – '스타'(BONIFACIO ECHEVERRIA S. A. – EIBAR – ESPANA – 'STAR')라고 적혀 있었다.

"자, 이걸 가져가. 어떤 놈이 놓고 가고선 까맣게 잊어버린 거야. 얘기하자면 우스운데, 음, 생각해보면 그렇게 우스운 얘기는 아니구나. 친구 놈의 친구였는데, 남아메리카에서 왔지만 프랑스인이었지. 그 친구 아버지가 레지스탕스 활동을 하다가 나치에게 고문을 당해서 죽었대. 누군가 밀고를 했던 거고, 그 친구 어머니는 누가 밀고를 했는지 알고 있었대. 남아메리카에서 애를 키웠는데, 애가 한을 품도록 가르쳤다는군. 자기 아버지를 밀고한 자를 찾아가 죽이도록 말이야. 완전 드라마 아니냐. 그렇게 그 친구, 고독한 징벌자가 등장했던 거야. 하지만 사실은 권총 한 자루 가지고선 혼자 영화를 찍었던 거지. 일단 여기 도착하고 나서는 단 한 번도 밀고자를 진심으로 찾아볼 생각을 하지 않더라고. 그 밀고자는 이미 죽은 지 오래였고. 그 친구는 여자를 만나서 결혼했어. 두 사람 다 액스에서 선생으로 일한다더군. 우리 집에 두고 간 총은 까맣게 잊어버리고선 말이야. 마우저사(社)의 7.63구경 탄환을 쓰는 모델이야."

"고마워."

제르포가 말했다. 리에타르는 권총을 조작하는 법을 간단히 보여주었다. 탄창은 가득 차 있었지만 탄환이 10년,

아니 15년은 족히 된 듯했다. 리에타르에게 다른 탄환은 없었다. 두 남자는 1층으로 내려왔다. 작별 인사를 했다. 리에타르는 상점 셔터를 반쯤 올려서 제르포를 내보낸 뒤 셔터를 다시 내렸다. 제르포는 상의 주머니에 권총을 넣어둔 채, 당신의 젊음은 사라졌고 당신의 사랑 역시 그러하다는 가사를 흥얼대며 이시레물리노 시청 역으로 지하철을 타러 갔다.

10

제르포는 리에타르와 헤어지고선 곧바로 자기 집으로 향했다. 수도를 틀고 전기 차단기를 올린 후, 방마다 돌아다니며 사방의 불을 전부 켰다. 아파트는 편안하고 평범하기 그지없었다. 청소 도구 벽장 속에 살인 청부업자들이 숨어서 기회를 노리고 있다는 상상조차 할 수 없었다. 제르포는 불을 대부분 끈 뒤 샤워와 면도를 마치고선 옷을 갈아입었다. 그리고 커티삭 한 병을 들고 거실에 자리를 잡았다. 위스키는 미지근했는데, 냉장고가 작동할 틈도 얼음도 없었으며 날씨도 더웠기 때문이다. 그는 프레드 카츠와 우디 허먼의 음반을 들었다. 밤 11시 반에 베아에게 전화로 전보를 보냈다. 말도 없이 떠나서 너무 미안하고, 미리 기별을 할 수가 없었으며, 곧 편지를 보내 설명하겠고, 잘 지내라고. 이때 제르포는 위스키를 여섯 잔째 마시는 중이었다. 잠시 생조르주디디돈으로 되돌아갈까 고민했으면서도, 편지를 보내겠다고 한 것은 아마 위스키 때문일 터였다. 게다가 벌써 편지를 쓰기 시작했고, 그러다 위스키를 두 번이나 그 위로 쏟고 말았다.

생조르주드디돈으로 얼른 돌아갈 생각이야. 당신은 내가 저지른 이 소박한 일탈을 이해할 수 없겠지. 솔직히 말하자면, 나조차도 잘 이해가 안 돼. 나중에 설명할게. 분명 정신적 스트레스 문제인 것 같아. 난 늘 필사적으로 싸워왔어. 그런데 대체 무얼 얻겠다고 이러는 걸까? (그는 줄을 그어 이 문장을 지웠다.) 올해는 특히 힘들었어, 전력투구했다고. 가끔은 우리가 모든 걸 다 내려놓고선 산에 올라가 채소를 기르고 양을 치며 살았으면 싶기도 해. 걱정 마, 그게 말도 안 되는 얘기라는 건 내가 제일 잘 아니까.

그는 위스키를 넉 잔 더 마시며 사랑의 맹세로 편지를 끝맺었다. 이제는 얼음이 얼었다. 커티삭 한 병을 더 땄지만, 페리에가 다 떨어졌다. 제르포는 술이 잔뜩 튄 편지를 찢어버린 뒤 주방 쓰레기 투입구에 던져버렸다. 그러고선 안락의자에 몸을 쭉 펴고 드러누웠다. 단 몇 분간만이라도 기력을 회복하자는 생각이었지만, 아주 깊이 잠들어버렸다. 베아에게 보낸 전보는 오전 9시에 생조르주드디돈 우체국에 도착했다. 두 명의 살인 청부업자들은 어느 작은 주택가 한구석에 주차해둔 란치아 안에서 대기 중이었고, 카를로는 자동차에서 250미터 떨어진 제르포네 숙소를 앞 유리 너머로 주시했다. 9시 15분경, 베아와 딸들이 가방과 수건을 들고 해변으로 향하는 것이 보였다. 그는 옆 좌석에 놓여 있던 쌍안경을 집어 든 뒤 여인과 두 여자아이를 관찰했다. 쌍안경은 상당히 고성능이었고, 카를로는 베아의 안색이 초췌하며 운 지 얼마 안 되어 보인다는 것까지 알 수 있었다.

"어이, 일어나."

새치 머리 남자가 뒷좌석에서 꾸벅꾸벅 졸다 일어나더니, 앞좌석에 한 손으로 매달렸다. 다른 쪽 손으로는 눈을 세차게 비벼댔다. 그러고는 하품을 하더니 말했다.

"노인네가 꿈에 나왔어."

"테일러 말이야?"

"테일러가 노인네는 아니지. 아니, 테일러 말고. 요전 날의 그 노인네 말이야."

요전 날, 두 살인 청부업자는 어느 노인의 사무실에 들어갔다. 그곳에서 노인에게 짧은 연설을 늘어놓았다. 그러고선 새치 머리 남자가 노인을 붙들고 있을 동안, 카를로가 철제 곤봉을 들어 목뼈가 다 으스러질 정도로 노인의 목을 가격했다. 이후 두 사람은 노인을 격자형 유리창 바깥으로 던져버렸고, 노인은 다섯 층 아래의 도로에 떨어졌다.

"부인과 어린애들은 해변에 간 참이야. 놈도 곧 따라 나올 거야."

"카를로, 내가 보기엔 놈이 집에 있을 것 같지 않은데."

"그 얘기는 그만하기로 했잖아."

"어젯밤에만 해도 거실에 여자랑 어린애들밖에 없었어. 거실 말고는 아무 데도 불이 켜 있지 않았다고, 카를로. 그러니 아직 안 돌아왔다면……."

"놈은 물 빼러 간 거라고!"

카를로가 외치더니 자기가 무슨 우스운 말이라도 한 듯 히죽거렸다.

새치 머리 남자는 고개를 저으며 반론을 제기하려는 듯 했지만, 이내 마음을 바꾸었다.

"집배원이 왔네."

과연, 집배원이 제르포네 숙소 주변에서 자전거를 멈추었다. 울타리에 자전거를 기대 세우며 내리더니, 정원으로 황급히 들어가 군대식 걸음걸이로 현관 계단을 올라갔다. 그가 초인종을 눌렀다. 손에는 전보 하나가 마법처럼 나타났다. 잠시 후 다시 초인종을 눌렀고, 잠시 더 기다리다가 한 번 더 눌렀다. 그다음에는 주먹으로 문을 몇 차례 두드렸다. 결국 집배원은 문 아래로 전보를 밀어 넣은 뒤 자전거로 되돌아가 출발했다.

"놈 말이야, 세상모르고 잠들어 있는 거야. 안에 들어가서 뜨거운 맛을 보여주는 것도 나쁘지 않겠네."

새치 머리 남자가 차에서 나가자, 카를로가 말했다.

"잠깐! 그냥 말이 그렇다는 거야. 멍청한 짓 하지 말라고, 바스티앵!"

바스티앵이 집으로 향했다. 카를로가 란치아의 시동을 켰지만, 바스티앵이 걸어가다가 몸을 돌려 시동을 끄라는 시늉을 해 보였다. 카를로는 시동을 끈 뒤 신경질적으로 한숨을 내쉬며 좌석 등받이에 몸을 늘어뜨렸다. 등이 아팠다. 두 남자는 차 안에서 지난밤을 보냈다.

바스티앵은 숙소로 다가가 나무로 된 곁문을 밀며 정원 안으로 들어갔고, 전보를 주워서 조심스럽게 펼쳤다. 입술을 달싹거리며 내용을 읽었다. 그러고는 전보를 문 아래에 다시 넣어둔 뒤 차로 되돌아왔다.

"놈이 보낸 거야. 제르포가 쓴 거라고. 조르주라고 서명이 돼 있고, 전화로 보낸 전보야. 조르주 제르포가 파리에 있는 집에서 보낸 거라고. 놈은 여기 없어, 제집으로 돌아갔다고. 자, 누구 말이 맞았지?"

"이런, 빌어먹을!"

카를로가 외쳤다.

"자, 누구 말이 맞았냐니까? 누가 맞았는지 얘기해봐."

"너, 너라고, 병신 새끼야."

바스티앵이 차에 다시 올라탔고, 이번에는 앞에, 운전석에 탔다. 시동을 걸었다. 그러자 카를로가 물었다.

"저기, 지금 어디로 가는 거야?"

"파리로 간다, 멍청아."

란치아가 움직이기 시작하더니 멀어져갔다. 잠시 후, 딸아이 하나가 나타나 집에 되돌아왔다. 아이는 전보를 못 본채 안으로 들어갔다. 좀 있다가 다시 나온 아이는 투명 케이스에 든 페탕크 놀이용 플라스틱 공을 들고 있었다. 그때서야 아이는 전보를 발견해 주워 들었고, 전보의 내용을 읽더니 해변으로 달려갔다.

11

제르포는 전화벨 소리에 잠에서 깨어났다. 딸꾹질을 하
며 급하게 일어나다 소파에서 굴러떨어질 뻔했다. 팔걸이
를 한 손으로 간신히 붙잡았고, 입을 헤벌린 채 다른 손으
로는 두 눈을 문질렀다. 마치 한 시간 반 전에 살인 청부업
자 바스티앵이 했던 것처럼. 제르포는 시간이 좀 지난 뒤에
야 자신이 어디 있는지 기억해냈다. 눈에는 눈곱이 달렸고
입에서는 악취가 났으며 혀에는 백태가 잔뜩 꼈다. 그는 러
닝셔츠의 깊이 파인 목둘레 사이, 털이 수북이 나 있는 가
슴께를 긁으며 전화기로 향했다. 수화기를 들었다. 그와 동
시에, 전날 밤부터 계속 켜 있었던 오디오를 우울한 기분으
로 바라보았다. 귓가에 고함이 들려왔고, 목소리의 주인공
이 누군지 곧바로 깨닫지 못하다가 이내 베아라는 것을 알
아차렸다. 그가 말했다.

"아, 잠깐만. 기다려봐."

그녀가 다시 고함을 질렀다. 마구 흐느껴 울었다. 설명
을 요구했다. 한편 제르포는 전화기를 통째로 들고서 자리
를 옮겼다. 오디오로 향했다. 오디오를 끈 뒤, 턴테이블과
(굉장히 뜨거워진) 튜너와 앰프를 잠시 만지작거리며 인

상을 썼다.

"기분이 갑자기 우울해졌었어. (제르포는 소파에 앉았고, 귀와 어깨 사이에 수화기를 끼워 고정한 채 전화기를 무릎에 올려놓았다. 눈으로는 담배를 찾았다. 수화기 반대편에서 베아가 비명을 질렀다.) 여보세요! 왜 이러지? 소리가 잘 안 들려. (제르포가 소리쳤다. 손가락으로 전화기 다이얼을 수차례 돌렸고, 그럴 때마다 연결이 끊어졌다. 그가 외쳤다.) 여보세요? 여보세요! 베아, 당신한테 내 말이 들리는지 모르겠어. 전혀 걱정하지 마. 사랑해. 그냥, 잠시 우울한 기분이 든 것뿐이야. 돌아갈게. 여보세요? 금방 돌아갈게. 오늘 밤이면 도착할 거야. 늦어도 내일까지는. 여보세요?"(그는 계속해서 다이얼을 돌렸다. 그가 말한 내용은 전부 군데군데 잘려서 베아에게 전달되었고, 한편 베아는 계속해서 자기 말을 전달하고자 했다.)

그는 돌연 검지로 후크 스위치를 눌러 연결을 끊었다. 잠시 후 스위치에서 손을 떼고는 발신음에 귀를 기울였다. 수화기를 내려놓은 뒤 전화기를 원래 자리로 갖다놓았다. 전화기 코드를 뽑았다. 이제 베아가 다시 전화할 수도 있었다. 전화선 반대편의 그녀에게 발신음은 들리겠지만, 여기서 자신은 아무 소리도 듣지 못할 것이다. 벨 소리조차 자신을 방해하지 않을 터였다. 그는 주방으로 가서 차를 탔다.

차를 우릴 동안 또다시 샤워와 면도를 하고 옷을 갈아입었다. 한편, 두 살인 청부업자들은 새빨간 란치아 베타 베를린 1800을 타고 파리로 이동했다. 그리고 제르포는 빵 없이 오렌지 마멀레이드만 숟가락으로 퍼 먹으며, 〈픽시옹〉* 과월호를 몇 페이지 읽으며 차를 마셨다. 차를 다 마신 후에는 전화기 코드를 다시 꽂았고, 렌터카 업체에 전화했다가 이내 콜택시를 불렀다.

택시는, 예약해둔 포드 타우너스가 자리한 차고 앞으로 11시경에 제르포를 데려다놓았다. 한동안 그는 무턱대고 파리에서 차를 달렸다. 두 살인 청부업자는 고속도로를 달리고 있었다. 카를로가 운전대를 잡았다. 바스티앵은 조수석에서 졸고 있었다. 바스티앵이 카를로에게 전보의 정확한 내용을 말하고 난 후 두 사람은 한동안 말다툼을 계속했다. 카를로는 제르포가 돌아올 때까지 생조르주드디돈에서 기다리는 편이 나았을 거라고 주장했다. 하지만 바스티앵은 전보 내용 중 '다음 편지'라는 구절을 제르포가 곧바로 돌아오진 않을 거라는 의미로 보았다. 두 사람은 몇 번이나 서로를 '물러터진 놈'과 '멍청이'로 취급했다. 결국에는 바스티앵이 슬며시 잠들었다. 그러다 갑자기 일어나더니 말

* SF 전문 문예지.

을 내뱉었다.

"또 아까 그 노인네 꿈을 꿨어."

"난 아예 꿈을 안 꾸는데."

"보통은 나도 그래."

바스티앵의 말에 카를로가 대꾸했다.

"가끔은 꿈 좀 꿔봤으면 좋겠네."

"난 가끔 성이 나오는 꿈을 꿔, 중세의 성 말이야. 이걸 어떻게 설명한다? 거대한 탑과 첨탑이 있는, 온통 금칠이 된 성이 나온다고. 그래, 딱 몽생미셸 같겠다. 알겠어? 산자락에 들어서서 주변 경치가 근사하고, 사방에 안개가 가득 낀 그런 성 말이야."

"난 여자 꿈을 꿨으면 좋겠어."

카를로가 말하자 바스티앵이 고개를 저었다.

"아니, 아냐. 난 아냐."

"요전번의 그 여자 말이야. 그때 꽤 맘에 들었거든."

요전번이란 그들이 노인을 창문 바깥으로 내던진 이후, 여자의 집에 찾아갔던 일을 말했다. 두 사람은 여자가 아무것도 모른다고 확신했다. 마음 깊이 확신했다. 한번은 카를로가 여자에게 자신을 때리라고 강요했다. 여자는 그것을 좋아하지 않았다. 그 외의 나머지 것도 좋아하지 않았다. 하지만 카를로는 상당히 마음에 들었다.

설령 맨 처음, 무종 계약 건으로 되돌아가서 생각해본다 하더라도, 테일러 대령과 맺은 거래들은 보통 아주 순조롭게 진척되었다. 그 빌어먹을 조르주 제르포와 맞닥뜨리기 전까지만 하더라도. 하지만 일반적으로 기업 임원은 손쉽게 죽일 수 있는 표적이다. 카를로와 바스티앵은 굉장히 다양한 사회계층을 대상으로 이 업무를 진행해왔던 만큼, 비교 대상이 꽤 많았다. 이제는 조르주 제르포에게 화가 치밀기 시작했다.

오후 1시 30분경, 제르포는 식당에서 프랑크푸르트 소시지와 감자튀김을 먹었다. 날씨는 쾌청했지만 대기오염 때문에 그리 멀리까지는 보이지 않았다. 행인들의 옷차림이 가벼웠다. 하지만 그것을 제외하면, 매캐한 매연 속에서 오도 가도 못 하는 자동차들과 라디오 채널 FIP 514, 발걸음을 서두르는 사람들의 거무스레한 눈가, 콘크리트 고층 빌딩, 시끌벅적한 소음, 입안에서 느껴지는 육즙 가득한 소시지의 불순한 맛, 이 모든 것은 형편없기 짝이 없었다. 그는 자신과 전혀 닮지 않은 곳, 자신의 모습을 떠올리게 하지 않는 곳에 있길 바랐다. 정물(靜物)의 풍경과 마주하고 있었더라면 좋았을 터.

제르포는 오후 3시 15분경에 기계적으로 자기 아파트로 되돌아왔다. 주변을 정돈한 뒤 음악―앨 콘과 함께하는 조뉴먼의 8중주곡—을 아주 크게 틀어놓고서는 몇 가지 물건을 작은 여행 가방 안에 던져 넣었다. 그와 동시에, 누군가가 초인종을 연달아 세차게 눌렀다. 제르포는 생조르주드디돈에서 돌아와 상의를 벗어두었던 소파로 달려갔다. 상의 주머니에서 '스타' 자동권총을 꺼내 안전장치를 풀고 장전했다. 방아쇠에 손가락을 걸고 등 뒤에 권총을 감춘 채 문으로 갔다. 문을 열고선 펄쩍 뒤로 물러섰다. 잠시 후 아파트 관리인이 문을 밀고 들어오더니, 살피는 시선으로 제르포를 쳐다보았다. 제르포는 잠깐 비틀거렸다가 두 발이 꼬여 발끝으로 간신히 균형을 잡고 섰다. 한쪽 팔은 등 뒤에 숨기고 다른 쪽 어깨는 벽에 기댄 자세로. 관리인 여자가 경계 조로 물었다.

"어머, 제르포 씨였어요? 근데 바캉스 가셨던 거 아니에요?"

"네?"

제르포는 그렇게 말하고선 거실로 뒷걸음질 쳐서 순식간에 음악 소리를 한껏 줄였다. 그리고 되돌아온 그는 이제 한 손을 등 뒤로 감추지 않았다.

"바캉스 떠나신 거 아니었냐고요."

"아, 맞습니다. 갔다가 저만 돌아왔죠. 잊고 간 게 있어서."

제르포의 말에 관리인 여자가 대꾸했다.

"죄송해요, 계단에 있는데 음악 소리가 들려서. 제르포 씨 댁에서 대체 누가 음악을 트는 건가 싶었거든요."

"괜찮아요, 신경 써주셔서 감사합니다. 늘 성실하게 관리해주시니 안심이 됩니다."

그러자 여자가 과장된 어조로 말했다.

"뭐, 할 수 있는 한 최선을 다할 뿐이죠. 아, 그러고 보니, 댁의 회사에 다닌다는 남자 두 분이 제르포 씨가 어디 계신지 물었어요."

"남자 두 분이라고요."

제르포가 전혀 궁금하지 않다는 듯 어정쩡한 말투로 되풀이했다.

"그러니까, 한 분이 제게 물어봤고 다른 한 분은 차 안에서 기다리고 계시더군요. 제가 주소를 알려드리길 잘한 걸까요?"

"제 주소요."

제르포가 아까의 그 어조로 계속 말했다.

"휴가지 숙소 말이에요."

"아! 네, 그럼요! 한쪽은 까무잡잡한 얼굴의 젊은이고, 다른 한쪽은 머리가 희끗희끗하고 건장한 체구의 키 큰 남자, 맞죠?"

"어쨌든 한쪽은 젊은이 맞고요, 다른 쪽은……." (관리인 은 자신이 구체적으로 기억할 정도로 남자를 자세히 보지 는 못했다는 몸짓을 했다.)

제르포는 어깨로 벽에 기대고 서 있었다. 관리인 여자의 머리 너머를, 허공을 응시했고, 생각에 잠겨 있거나 공상에 빠진 기색이었다. 그의 침묵과 멍한 표정에 관리인 여자는 마음이 좀 불편해졌다.

"그럼 이제 가봐야겠네요. 얘기 나눠서 반가웠어요. 저는 이만 할 일이 있어서."

10분 전부터 란치아가 아파트 입구로부터 100미터도 떨 어지지 않은 보행자 도로에 멈춰 서 있었다. 아파트에서 여 자 하나가 나왔다. 여자는 테리어 한 마리를 줄에 묶어서 데리고 있었다. 테리어도 대형견이긴 했지만 불마스티프보 다는 덩치가 작았다. 이 수캐는 키가 60센티미터 정도 되었 는데, 알론소의 암컷 불마스티프 엘리자베스는 70센티미터 에 육박했다. 테리어를 데리고 있는 여자가 아파트 앞길을 건너더니, 맞은편에 주차해둔 닷선* 체리에 개를 데리고 올 라탔다. 여자는 시동을 걸더니 가버렸다. 차의 방향 지시등 이 작동하는 것을 보자마자 카를로는 시동을 걸었다. 여자

* 닛산의 수출용 브랜드.

가 떠난 직후, 닷선이 주차돼 있던 자리에 차를 세웠다. 란치아 안에는 카를로뿐이었다. 바스티앵은 아파트 맞은편에 위치한, 주차장 입구가 들여다보이는 술집에서 동정을 살피는 중이었다. 아까 술집에서 두 살인 청부업자는 제르포의 집으로 전화를 걸어보았다. 발신음이 울렸지만 아무도 전화를 받지 않았다. 카를로가 거칠게 말했다.

"보라고, 놈이 자기 마누라한테 가버렸을 거라니까!"

어쨌든 카를로는 그 사실을 확인하러 다시 6~7백 킬로미터를 달리고 싶은 마음이 없었다. 그래서 두 사람은 일단 기다리며 감시하기로 했던 것이다. 조르주 제르포가 돌아왔는지 확인하기로. 돌아오지 않았다면, 해가 떨어지고 나서 그의 아파트에 되는대로 침입할 작정이었다. 집 안에 아무도 없다면, 누수가 발생했으니 집에 최대한 빨리 전화를 달라는 내용의 거짓 전보를 생조르주드디돈에 보낼 생각이었다. 두 사람은 아파트에서 밤을 보낼 터였다. 바캉스 기간이 되면 카를로와 바스티앵은 잠깐 비어 있는 아파트에서 며칠 밤을 보내길 좋아했다. 특히 바스티앵이.

"우린 여행자라니까. 사람들이 사는 아파트는 외국이나 다름없다고."

바스티앵의 말에 카를로가 대답했다.

"입 다물어, 멍청아."

요컨대, 내일 아침 제르포가 생조르주드디돈에 돌아간 것으로 밝혀지면 상황을 숙고해볼 것이었다. 아마 그곳으로 되돌아가 그의 목숨을, 십중팔구는 총으로 끊어놓을 터였다. 카를로가 강조했다.

"왜냐면, 이제 빌어먹을 술책 따위를 쓰는 데는 진절머리가 나거든."

한편 제르포는 글귀를 적는 중이었다.

잠시 우울감에 빠졌던 거야. 금방 괜찮아질 테니 걱정하지 마. 천천히 둘러서 돌아갈 생각이야. 관광도 좀 하고, 마시프 상트랄*을 거쳐서 가려고.

또다시 그는 사랑의 맹세로 글을 마무리했다. 자신이 생조르주드디돈에 "사흘 안에, 늦어도 나흘 안에는" 도착할 것이라고 덧붙였다. 제르포는 편지를 봉한 뒤 베아의 주소를 적고서 우표를 붙였다. 편지를 부치러 내려갔다. 카를로는 아파트에서 나오는 제르포를 보고선 당황했다. 제르포가 손에 편지를 들고 있었다. 50미터를 걸어 아파트 구석의 우편함으로 가더니 봉투를 그 안에 넣었다. 그가 아파트로

---

* 프랑스 중남부의 고원 산지.

되돌아갔다. 카를로가 시동을 걸었고, 최대한 빨리 건물 주변을 돌아 바스티앵이 있는 술집 앞에 끼이익 소리를 내며 차를 세웠다. 제르포가 아파트 로비에서 엘리베이터를 타고 지하로 내려갔다. 렌트한 포드 타우너스에 올라타 시동을 걸었다. 카를로가 바스티앵을 향해 커다랗게 손짓을 해보였다. 새치 머리 남자가 계산대에 5프랑을 올려놓고는 황급히 술집을 나왔다. 제르포가 운전대를 잡은 진녹색 포드 타우너스가 주차장에서 나와 도로로 들어섰다. 바스티앵이 카를로 옆에 올라탔다. 그들은 타우너스를 미행하기 시작했다. 카를로가 격분한 어조로 말했다.

"저놈 되게 열 받게 하네."

오후 4시 45분이었다. 제르포는 포르트디탈리*를 향해 달렸고 남부 고속도로에 접어들었다. 카를로가 흥분하며 말했다.

"근데 저 자식 대체 어딜 가는 거야?"

오늘은 7월 2일. 여전히 휴가를 떠나는 인파가 상당했다. 오를리 공항까지는 도로가 혼잡했고 이동 속도가 느렸다. 그 이후에는 훨씬 원활하고 더 빠르며 더 위험해졌다. 제르포는 오를레앙 쪽으로 빠지는 대신 리옹으로 계속 달렸다.

---

*   파리와 이탈리아를 연결하는 7번 국도의 시작점.

"뭐야, 이거 말이 안 되잖아. 대체 어디로 가는 거냐고?"

카를로의 어조에서 진심 어린 불안감이 묻어났다. 바스티앵이 대답했다.

"나도 그 말에 동감이야. 따라잡는 게 좋을 것 같아."

"따라잡다니? 그게 무슨 말이야, '따라잡는다'는 게?"

"저 차 옆에 바짝 붙어서 가라고."

바스티앵이 말했다. 그러자 그 즉시 카를로가 냉정을 되찾았다. 가속페달에서 발을 살짝 뗄 정도였다. 란치아와 타우너스 간의 거리가 벌어지기 시작해, 5백 미터를 넘어섰다. 카를로가 말했다.

"안 돼. 고속도로에서는 절대. 이건 규칙이야. 젠장, 고속도로에선 빼도 박도 못 한다고."

"고속도로 출구 직전에서 기다리는 건 어때. 놈을 끝장내고 곧바로 뜨는 거야."

"그렇다 치자. 그러고선 출구에서 교통경찰과 맞닥뜨리겠지, 이 한심한 친구야."

"아까랑 말이 다르네."

"아, 제발 좀 그만하자!"

바스티앵이 입을 다물었다.

해가 저물기 시작하자, 제르포는 돌연 고속도로를 벗어났다. 파리 근교에서 시간을 너무 지체했던 바람에 이제 겨우 마콩* 근처였다. 두 살인 청부업자는 저녁도 먹지 못했고 제르포도 마찬가지였다. 타우너스가 마콩을 가로질러 남동쪽으로 내달렸다. 잠시 동안 차폭등을 켜놓았다. 란치아는 아직 라이트를 전혀 켜지 않았다. 카를로가 상체를 앞으로 기울이더니 미간을 찌푸리며 속도를 높였다. 타우너스와 란치아 사이의 간격이 줄어들었다. 그때 란치아의 타이어가 터져버렸다. 차체가 도로 위를 이리저리 비틀대며 오갔다. 카를로는 이를 악물고서 신음 하나 내지 않으며 운전대에 매달렸다. 바스티앵은 머리 받침대에 머리를 고정하고는 양팔로 얼굴을 가렸다. 터진 타이어, 좌측 후면 타이어가 부풀어 오르더니 너덜너덜하게 찢어졌다. 타이어의 온도가 가파르게 올라갔다. 란치아 뒤편에서 새하얀 구름이 피어오르더니 고무 타는 냄새가 났다. 마침내 카를로가 기어를 2단으로 변환하자, 자동차가 천천히 오른편 갓길로 들어가 자갈 더미 위에 멈춰 섰다. 카를로와 바스티앵이 차 바깥으로 뛰쳐나가며 한껏 욕을 해댔다. 카를로가 특히나. 둘은 차량용 잭과 스페어타이어를 꺼냈다. 멀리서 타우너스의 차폭등이 커브 길 뒤로 사라져버렸다. 바스티앵이 도어포켓에서 손전등을 꺼내 카를로를 비췄다. 카를로는 1분

* 프랑스 중동부의 소도시.

40초 만에 타이어를 교체했다. 바스티앵이 말했다.

"내가 운전할게."

바스티앵이 운전대를 잡았다. 카를로가 옆자리에 얼른 올라탔다. 두 사람은 안전벨트를 다시 매고는 자갈 하나 튀기지 않으며 출발했다. 바스티앵은 매우 치밀하고 과학적인 운전자였다. 그는 차폭등과 헤드라이트를 켜고선 최대한 빨리 달렸다. 일부 직선 도로를 달리고 나니 시속 160킬로미터에 육박했다. 카를로가 말했다.

"놈의 차가 곧 보이겠어."

일행은 어느 도시에 근접했다. 새카맣게 어둠이 내려앉은 알프스산맥이 지평선을 가로막는 가운데, 그 새카만 배경에서 빛무리 몇 개가 도드라졌다. 왼편에서는 화물열차가 달리는 중이었다. 오른편에는 불이 켜진 자그마한 휴게소가 보였다. 타우너스가 휴게소의 주유기 앞에 가서 섰다. 차 앞에서 셔츠 차림의 제르포가 허리를 굽혀 지탄필터 한 개비를 꺼냈다. 주유소 직원은 빨간 천 모자에 근사한 유니폼을 입은 젊은이였다. 주유소를 연 지 얼마 되지 않은 덕분에 직원의 외관과 옷차림이 깔끔했다. 바스티앵이 당황한 채 브레이크를 걸었다. 란치아가 귀청이 먹먹해질 정도의 타이어 소리를 내며 주유소 출구에 멈춰 섰다. 제르포가 고개를 돌려 란치아를 보았고, 카를로가 우측 차창 너머로 그를 주시했다. 제르포가 자기 차로 달려가더니 열린 창문 안으로 팔을 집어넣어 본인의 상의에서 스타 자동권총을 꺼냈다. 어설픈 동작으로 황급히 안전장치를 해제하더니, 몹시 얼빠진 태도로 말했다.

"손들어!"

란치아가 작은 반경으로 회전하더니, 출구 반대 방향으로 움직였다. 제르포에게 달려들었다. 제르포가 방아쇠를 당겼다. 란치아의 앞 유리가 터져나갔다. 그와 동시에 제르포가 뒤로 뛰다가 발을 헛디뎠고, 커피 자판기에 부딪혀 등에 심각하게 멍이 들었다. 빨간 차가 요동치며 그에게 덤벼들었다. 제르포는 간신히 도망쳤다. 란치아가 비스듬히 돌더니 제르포를 건물 창문 위로 짓누르려고 전속력으로 달려들었다. 제르포는 몸을 돌렸지만, 란치아의 왼쪽 헤드라이트가 번득이며 그의 엉덩이를 들이받아 제르포를 시멘트 바닥에 날려버렸다. 란치아가 건물 창문을 완전히 박살 냈다. 큼지막한 유리 조각, 공구함, 휘발유 통, 지도, 전구, 철사와 라텍스로 만든 인형 따위가 소름 끼치는 굉음을 내며 우수수 떨어졌다.

이마와 뺨에 조약돌이 달라붙고 코의 살갗이 벗겨진 채, 제르포가 등 뒤로 돌아누웠다. 엉덩이가 죽을 만큼 아팠다. 권총을 아까 떨어뜨리고 말았다. 어디 떨어졌는지는 몰랐다. 그는 팔꿈치로 몸을 일으켰다. 카를로가 란치아의 저쪽에서 스미스앤웨슨 45구경 권총을 들고 나오는 것이 보였다. 바스티앵은 주유소 직원을 향해 전속력으로 후진했다. 직원은 주유기를 던져버리고 건물로 달려가는 중이었다. 그가 달려가는 방향에 카를로가 서 있었다. 카를로는 제르포를 겨냥했다. 고개를 숙인 채 달리던 직원이 카를로와 부딪쳤고, 그 바람에 카를로는 깨진 유리와 휘발유 통, 전구, 지도, 인형의 잔해 위로 나동그라졌다. 타우너스의 연료 탱크가 가득 차 있었다. 자동 주유기는 대량의 휘발유를 계속 쏟아냈고, 휘발유가 시멘트 블록 위로 넘쳐났다. 휘발유가 기다란 개울을 이루어 제르포를 향해 흐르고 있었다.

바스티앵이 란치아에서 나와 직원의 등에 SIG 자동권총을 쐈다. 직원은 건물 입구에서 엎어졌고, 무릎으로 지탱하며 몸을 일으키려 했다. 깨진 창문의 잔해 속에 주저앉은 채, 카를로가 두 손으로 45구경 권총을 잡아 직원의 옆얼굴을 겨냥하더니 머리를 날려버렸다. 카를로가 욕설을 내뱉었다.

"젠장, 젠장!"

제르포가 간신히 일어섰다. 타우너스를 향해 세 걸음 걸어간 순간, 새치 머리 남자가 그를 향해 총을 쏘았다. 총알이 제르포의 머리를 스쳤고 제르포가 거칠게 뒤로 쓰러졌다. 얼굴이 피범벅이었다. 카를로가 일어나 란치아를 향해 달렸다. 운전석에 올라탔다. 제르포가 시멘트 블록 위에서 몸을 꿈틀거렸다. 카를로가 외쳤다.

"저놈을 끝장내!"

바스티앵이 고개를 흔들어 이마 위의 머리카락을 털어내고는 제르포에게 향했다. 제르포가 셔츠 주머니에서 라이터를 꺼내 휘발유에 불을 붙였다. 그의 한쪽 손과 팔이 심각하게 불에 데었다. 라이터 불이 순식간에 타우너스까지 옮겨 갔다. 타우너스가 곧바로 불타올랐다. 제르포가 벌떡 일어났다. 자신이 일어서서 달릴 수 있다는 사실에 깜짝 놀라며 도로로 내달렸다. 차도에 들어섰을 때에도, 누군가가 여전히 자신을 향해 총을 쏘는 듯했다. 이윽고 타우너스의 연료 통이 폭발했다. 그 바람에 제르포는 도로 저편으로 날아가 부드러운 흙과 순무, 감자 잎사귀에 얼굴이 처박혔다. 그는 또다시 일어섰고, 미친 사람처럼 비명을 지르며 몸을 돌렸다. 시멘트 바닥에 쓰러진 새치 머리 살인자가 양팔로 얼굴을 가린 채 마네킹처럼 불타고 있었다. 그 모습에 제르포는 큰 충격을 받았다. 그때, 사방의 창문이 모조리 부서져 나가고 타이어에서 김이 피어오르는 란치아가 불꽃 속에서 솟아올라 차도로 뛰어들었다. 이성을 잃은 제르포가 화재 현장에서 등을 돌리고는 달리기 시작했다. 부드러운 흙 속

에서 발목을 접질려가며 밭을 가로질렀다. 무턱대고 달려
갔다. 철길이 나 있는 쪽으로 향했다.

12

　제르포는 반쯤 의식을 되찾았다. 여기가 파리의 자택인지, 휴양지인지, 혹은 리에타르의 집인지 알 수 없었다. 자신은 딱딱한 바닥에, 새카만 어둠이 내려앉은 곳에 누워 있었다. 벽의 가느다란 틈새로 희끄무레한 빛이 새어 들었다. 귓가에 규칙적인 소음이 들려왔다. 그는 자신이 누군가에게 권총을 쏘는 꿈을 꾸었다. 몸이 박자에 맞춰 흔들렸다. 곰곰이 생각해보던 그는 자신이 화물열차 안에 있음을 깨달았다. 제르포는 평온을 되찾은 뒤 다시 잠들었다.

　곧이어 문이 아주 살짝, 열차 내부를 식별 가능할 정도로만 열렸다. 제르포 맞은편의 '취급 주의'라고 적힌 상자들 사이에 어떤 남자가 쪼그려 앉아 있었다. 실루엣만 보면 곰이나 비버 같은 동물이 떠올랐다. 남자의 몸은 소매 없는 방수용 비옷에 완전히 감싸여 있었다. 아니, 비옷이라기보다는 사이클 선수의 머리와 등뿐이 아니라 다리와 커다란 배낭까지 보호하기 위해 고안한 망토처럼 보였다. 하지만 맞은편 남자에게는 자전거도 배낭도 없었다. 남자의 몸 주변으로 비옷이 커다란 천막집처럼 부푼 덕분에 체격이 가늠되지 않았다. 다 낡아빠진 녹색 중산모도 쓰고 있었다. 얼굴은 꽤 젊어 보였지만 주름이 진 데다 꾀죄죄한 턱수염과 다 썩은 이에 가려져 있었다.

제르포 자신의 외관도 그다지 보기 좋지는 않았다. 얼굴은 진흙과 말라붙은 피로 얼룩져 있었다. 셔츠는 팔꿈치 부분이, 바지는 무릎과 엉덩이 부분이 찢어졌다. 진흙이 온몸에 잔뜩 튀었다. 진흙이 말라붙어 딱딱하게 굳은 구두도 상태는 마찬가지였다. 머리카락 사이로 단춧구멍만 한 선홍색 상처가 났는데, 상처 끝에서는 머리카락과 핏덩이가 엉킨 두피 조각이 이마 위로 늘어졌다.

"철도청 직원입니까?"

제르포가 물었다. 남자는 대꾸하지 않았고 계속 웃는 얼굴로 제르포를 바라보았다. 아니, 어쩌면 그것이 남자의 평소 표정인지도 몰랐지만. 제르포는 혹시 열차 소리 때문에 남자가 제대로 듣지 못했나 싶어 더 크게 말할까 생각해보았다. 하지만 그건 아닌 것 같았다. 그는 무력감이 든 나머지 아무 말도 하지 않았다. 그러다 갑자기 자기 주머니를 뒤지기 시작했다. 화상을 입은 손이 쓰라렸다. 온몸이 다 아팠다. 계속 주머니를 뒤지는 그의 움직임이 점차 광적으로 변해갔다. 그는 한 대 맞은 기분으로 맞은편 남자를 불신과 증오의 표정으로 쳐다보았다. 제르포는 일어서려고 했다. 맞은편의 부랑자 같은 남자가 그와 동시에 일어섰다. 남자가 비옷 자락을 살짝 벌리더니 망치를 꺼내 제르포의 머리 옆을 때렸다. 제르포가 열차 바닥에 쓰러졌다. 또다시 살갗 위로 자기 피가 흐르는 것이 느껴졌다. 몸을 일으킬 수가 없었다. 부랑자가 제르포의 갈비뼈를 발로 두어 번 걷어찼다. 제르포가 분노의 비명을 지르며 손톱으로 바닥을 긁어댔다. 부랑자가 무표정한 혹은 즐기는 표정으로 그를 쳐다보았다. 외관만 보고서는 어느 쪽인지 판단하기 어려웠다. 입가는 비죽거리는 미소를 띠었으며 중산모를 쓴 머리는 살짝 기울어져 있었고, 언제든 거침없이 때리기 위해 비옷 자락을 벌리고 있는 오른팔은 몸에서 약간 떨어뜨려 굽힌 채였다. 이윽고 남자가 왼손으로 열차의 미닫이문을 힘겹게 더 열었다.

제르포는 자세를 살짝 바꾸는 데 용케 성공했다. 피가 턱선을 따라 천천히 흘러 턱 끝에 방울지더니 눈앞의 먼지투성이 바닥으로 떨어졌다. 모든 것이 슬로모션으로 움직였다. 제르포가 말했다.

"이 개자식, 내 지갑! 내 돈! 내 수표책 내놔!"

열린 문틈으로 침엽수림의 머리가 연이어 지나가는 것이 보였다. 낙엽송이었다. 오르막길을 지나는 중이거나, 가파른 비탈의 측면을 달리는 중임이 분명했다. 낙엽송의 머리가 열차 문과 비슷한 높이에 펼쳐져 있던 것이다. 부랑자가 망치를 허리춤에 집어넣은 뒤, 제르포의 겨드랑이를 양손으로 붙잡았다. 그대로 잡아당겨서 (제르포가 믿을 수 없다는 듯 울부짖기 시작했다) 열차 바깥으로 밀었다. 제르포의 발꿈치가 문 가장자리에 부딪혔고, 곧이어 배부터 시작해 몸 전체가 자갈 바닥에 떨어졌다. 제르포는 한순간 숨이 턱 막혔다. 몸이 다시 튀어 오르더니 한 바퀴 빙그르르 돌았다. 누군가 익사시키려 했을 때 그가 물속에서 공중제비를 돌았던 것처럼. 제르포는 낙엽송들 사이로 붕 떨어져 나가 비탈 아래로 몇십 미터를 데굴데굴 굴렀다. 그러다 또다시 의식을 잃었고, 한쪽 발이 부러졌다.

13

해가 질 무렵 비가 내리기 시작했다. 지금 제르포는 철도에서 수 킬로미터 떨어진 상태였다.

추락한 이후, 의식을 잃은 상태는 몇 분밖에 가지 않았다. 그는 자신이 죽지 않았다는 사실에 놀라며 몸을 다시 일으켰다. 진심으로 놀란 것은 아니었다. 안락한 유년기와 성공적인 사회적 신분 상승으로 점철된 청년기를 보낸 후 겪은 최근 사건들로 인해, 그는 자신이 무적이라고 어느 정도 확신하게 된 차였다. 하지만 위험천만한 우여곡절을 거쳐 간신히 도달한, 이 있음 직하지 않은 상황에서 자신이 여전히 살아 있음에 깜짝 놀라는 것이 더 흥미롭고 어울려 보이는 것 같았다. 지금 제르포가 생각하는 본인의 이미지는 10년 전에 읽은 추리소설, 그리고 작년 가을 올랭피크 영화관에서 본 짤막하고 형이상학적인 고전 웨스턴 영화에서 영감을 얻은 것이었다. 두 작품 다 제목이 기억나지 않았다. 그중 하나에서는 암흑가 보스 때문에 흉측한 불구의 몸이 되어 죽게 내버려진 남자가 이후 그 보스와 하수인들에게 끔찍하게 보복했다. 다른 하나에서는 리처드 해리스가 존 휴스턴에 의해 비슷하게 죽도록 내버려졌고, 신을 향한 증오를 불태우면서 그날그날의 식량을 늑대들과 다투며 완전한 미개지에서 살아남았다.

제르포는 야생동물과 다투며 식량을 확보한다는 생각에 간담이 서늘해졌다.

의식을 되찾고 몸을 일으킨 그는 일단 나무둥치에 기댄 채, 자기 몸을 지나칠 정도로 조심스레 더듬어보았다. 왼발에서 통증이 느껴졌다. 나무둥치에 몸을 의지해 일어서보았다. 왼발이 견디지 못하는 바람에 또다시 넘어지며 나무껍질에 손바닥이 긁혔다. 두 번째로 시도했을 때에는 좀 더 나았다. 그는 기대서 있던 나무둥치에서 몸을 뗐고, 양팔을 펼친 자세로 위태롭게 네 걸음 걸어 겨우 3미터 나아갔다. 발목에 격통이 느껴졌지만 기이하게도 걷다 보니 좀 누그러지는 듯했다. 발이 자꾸만 고통스럽게 비틀렸다. 하지만 제르포는 이 나무에서 저 나무로 옮겨 기대가며 상대적으로 편안하게 나아갔다.

비탈길도 도움이 되었다. 처음에는 철도로 되돌아가 다음 열차에 신호를 보내거나, 레일을 계속 따라가 가장 가까운 역에 다다르길 바랐다. 하지만 지면의 경사가 너무 심해서 길을 올라가는 것은 포기해야만 했다. 그래서 내려가기로 한 것이었다. 도식적으로 볼 때, 내려가면 갈수록 인가를 발견할 확률이 더 올라가기 마련이다.

이 나무에서 저 나무로 옮겨가며 그는 어두운색의 가느다란 풀과 이끼, 드문드문 봄맞이꽃과 끈끈이대나물, 바위솔까지 나 있는 경사진 땅을 비스듬히 가로질렀다. 발아래서 낙엽송 바늘이 미끄러웠고, 불그스름한 흙과 자갈이 흩뿌려진 도랑이 자주 등장하는 탓에 전진하기가 쉽지 않았다. 제르포는 곧잘 넘어졌다. 자신이 택한 방향으로 나아가려면 부상당한 발을 아래에 두어야 했는데, 불편하기 짝이 없었다.

공기가 청량했다. 숲속은 생기 넘치게 재잘대는 미풍으로 가득했다. 얼마 안 되는 새들이 키 큰 나무의 허리께에서 짧고도 명확한 궤적을 그리며 날아다녔다. 한번은 고개를 들자, 이제 막 회색으로 물든 하늘을 덩치 큰 새가 활공하는 모습이 연녹색 나무 꼭대기 사이로 제르포의 시야에 들어왔다. 그러다가 또다시 넘어졌다. 도랑 위에서 엉덩방아를 찧고서는 욕설을 내뱉으며 다시 일어섰다. 끝내는 나무뿌리에 발목을 호되게 부딪쳐 울음을 터뜨릴 뻔했다. 그는 또다시 몸을 일으켜 세웠다. 경사길이 어디로 이어져 있는지를 확인한 그는 영 글러먹었다고 생각했다.

계속해서 내려간 덕분에 제르포는 자그마한 진흙투성이 협곡의 밑바닥에 도달했다. 다양한 부패 단계에 들어선 식물 찌꺼기가 사방에 가득했다. 그럴 가능성이 낮기는 하겠지만, 만일 이 고도에 멧돼지가 분포한다면 이곳이 바로 그들의 서식지일 터였다. 어쨌든 전진하고 싶다면 어떤 방향으로든 올라가야만 했다.

그는 우스꽝스러운 자세로 고통스럽게 굴러떨어지며 수차례 헛되이 시도했다. 그러다 마침내 두 손으로 바닥을 잡고 기어가자는 생각이 떠올랐다. 그는 짤막한 비탈을 가로질렀고, 지면이 울퉁불퉁해 실망스럽기 그지없는 지대에 들어섰다. 화강암이 지면에 노출된 아주 가파른 융기면이었다. 벼락이나 눈사태로 쓰러진 나무둥치들이 서로 얽힌 채 아찔할 정도로 높이 솟아올라 있었다. 미적 관점으로 보자면 아주 로맨틱했지만, 제르포의 관점으로 보자면 완전 망할 놈의 광경일 뿐이었다.

체력이 점차 고갈되는 가운데, 그는 포복 자세로 계속 전진했다. 저 위의 하늘이 어두컴컴해졌다. 결국 비가 떨어지기 시작했다.

장대비가 오랫동안 내렸다. 붉은 도랑에서 누르스름한 물이 넘쳐흘렀다. 제르포는 뿌리째 뽑힌 나무들이 얽혀 있는 곳까지 간신히 몸을 이끌었다. 몸을 둥글게 말고서 셔츠 옷깃을 세웠다. 나무둥치들 사이로 물이 흐르며 제르포의 옷을 축축이 적셨다. 날이 추웠다. 제르포는 나지막이 훌쩍이기 시작했다. 밤이 되었다.

다음 날 해가 뜰 때, 제르포는 얼마 자지 못했던 차였다.

번민과 퇴폐적인 희열, 근심에 시달리며 오래도록 잠들지 못했다. 폭우가 짧은 간격으로 계속 이어졌다. 비가 내리지 않을 때에도 물은 경사면을 흐르며 나뭇가지에서 방울져 떨어졌고, 쓰러진 나무들 안을 타고 내려와 제르포의 몸을 적셨다. 제르포가 깨어났을 때, 그는 방금 전에 눈을 감았다가 곧바로 뜬 것 같은 기분이 들었다. 이가 절로 딱딱 부딪혔다. 지저분한 이마가 불타는 듯 뜨거웠다. 그는 부상당한 발을 더듬어보았고, 퉁퉁 부어오른 탓에 전날보다 훨씬 아프다는 것을 깨달았다. 진흙이 딱딱하게 굳은 구두를 간신히 벗었다. 양말을 벗자 발꿈치와 발목 부분이 쭉 찢어졌다. 부어오르고 온통 멍이 든 살갗을, 그리고 딱 보아도 병적으로 보이는, 발 앞쪽과 옆쪽에 불룩 솟아오른 단단한 돌기를 바라보고 있노라니 도착적인 쾌감마저 느껴질 정도였다. 제르포는 구두끈을 아예 빼버렸는데도 구두를 다시 신을 수가 없었고, 온 힘을 다해 던져버린 구두는 고작 2미터 앞 진흙탕 속에 처박혔다. 자신의 리프* 손목시계를 확인하고 싶었다. 리프가 파업했을 당시, 파업 노동자들에게서 직접 샀으며 제대로 작동하는 일이 별로 없는 시계였다. 그는 시계가 이제는 자기 수중에 없다는 사실을 깨달았다. 그

* Lip, 프랑스 고급 시계 브랜드의 하나.

러다 전날, 화물열차에서 떨어지고 난 후에 이미 이 사실을 깨달았음을 기억해냈다.

이제 더는 온 하늘이 구름에 새카맣게 뒤덮여 있지 않았다. 어느덧 고도가 떨어진 구름은 산등성이 사이로 듬성듬성해져 있었다. 제르포는 새하얗고 부드러운 구름이 자기보다 더 낮은 곳에서 지나가는 것을 보았고, 자신이 2~3천 미터 정도의 고도에 있다고 판단했다. 그는 쓰러진 나무등치들 사이를 네 발로 기어 나왔다. 5~6분간 고통조차 느끼지 못한 채 열정적으로 몸을 움직였다. 약간의 자기만족감까지 느끼며 짐승처럼 그르렁댔다.

이 잠시 동안의 수고로 그는 말 그대로 기진맥진해졌다. 이제는 숨을 헐떡대며 한참 동안 멈춰 서는 식의 태도를 고수했고, 그렇게 휴식을 취하는 사이사이 5~6미터씩밖에는 나아가지 못했다. 날씨가 화창해지기 시작했다. 이곳에서부터는 낙엽송이 듬성듬성해졌다. 태양이 미친 듯이 이글거렸다. 나무들 사이로 수증기가 올라왔다. 벌레 떼가 수없이 날아다녔다. 곧이어 날씨가 더워졌다. 제르포는 열 때문에 온몸이 타는 듯했다. 이 사건 전체가 이제 더는 소설 속 이야기처럼 느껴지지 않았다.

새로운 일이 전혀 일어나지 않은 채 오전이 흘러갔고, 그래서 제르포는 정말로 진지해졌다. 홀로 오랫동안 살아남기 위한 계획을 차근차근 세웠다. 소지품 목록을 떠올려보았는데, 가진 물건이라고 해봤자 더러워진 손수건 한 장과 파리의 아파트 열쇠, 생클루에 소재하는 LTC 실험실 전화번호가 적힌 바둑판무늬 종잇조각, 반쯤 짓이겨진 담뱃갑 속 다 젖어버린 지탄필터 여섯 개비가 전부였다. 라이터는 당연히 없었고, 불을 붙일 만한 물건도, 무기도, 먹을 것도 전혀 없었다. 하지만 제르포는 기력을 되찾았다. 반쯤 꺾인 야트막한 나뭇가지를 붙잡았고, 그 가지를 뜯어내 목발로 삼았다. 그는 다시 일어서서 걸어갈 수 있는 수준에 이르렀고 시속 4킬로미터로 이동했다. 한번은 꿀을 모으는 꿀벌 무리를 따라가 벌집을 찾아낸 뒤, 어떻게든 꿀벌 떼를 쫓아내고 꿀을 먹어치울까 고민하다가 이내 생각을 접었다. 그랬다가는 벌침에 수없이 쏘일 것이었고 끝내 죽지는 않더라도 전투 불능 상태가 될 게 뻔했다. 어쨌든 벌도 보이지 않았고 말이다.

어쨌건 그는 맞닥뜨리는 식물을 되는대로 맛보았고, 이 식물들은 식용 가능한 것으로 드러났다. 하지만 전부 다 너무 푸석푸석하거나 쓰디썼다.

한번은 바닥에 주저앉은 채 허공에다가 작은 돌을 던졌다. 저기 나무에 매달려 있는 점박이 갈색 새의 머리를 박살 낸 뒤 구워 먹을 요량이었다. 돌은 표적을 한참 벗어났고 새는 놀라서 달아나지도 않았다. 그 뒤로 제르포는 다시 시도하지 않았다.

해가 낮아졌다. 대략 저녁 5~6시가 된 듯했다. 여전히 서서 걷는 중이지만 속도가 시속 2킬로미터 이하로 떨어진 채 어느 초원에 접어들었을 즈음이었다. 제르포는 이미 초원을 두세 군데 정도 가로질렀지만 넓지 않았다. 그 빌어먹을 낙엽송이 30미터, 기껏 해봤자 50미터 동안 보이지 않다가 금방 다시 드리우며 시야를 가렸던 것이다. 하지만 이번엔 좀 달랐다. 숲 가장자리에 닿기도 전에, 엉덩이까지 올라오는 길이의 가느다란 풀들이 100미터 이상 펼쳐진 것이 보였다. 그 너머로 나무가 우거진 둔덕들로 수없이 둘러싸인 골 형태의 계곡이 펼쳐지다가 8~10킬로미터 거리에서 야트막한 높이로 끝났다. 어느 비탈 위쪽으로는 벌목된 숲 지대가 눈에 띄었다. 나무가 자라지 않는 더 높은 지대에 선명한 점 하나가 보였는데, 여행자 산장이나 외양간 같았다.

그러자 자신이 수천 킬로미터에 걸친 미개지 한가운데에서 길을 잃었다는 감각이 즉각 사라져버렸다. 제르포는 시야에서 계곡 밑바닥을 가린 산등성이를 향해 발걸음을 서둘렀다. 가는 도중 오솔길과 벌목 구역을, 능선에 위치한 또 다른 외양간들을 발견하고서는 황홀감에 사로잡혔다.

초원 끝자락에 다다르자, 제르포의 목구멍에서 기쁨의

탄성이 올라왔다. 발아래로 짙푸른 자그마한 호수와 상당한 규모의 촌락이 보였다. 촌락은 슬레이트 지붕 건물 스무 채 정도에 울타리, 담장, 도로 외에도 곧게 뻗으며 반짝이는 줄무늬로 이루어져 있었다. 산꼭대기에서 흐르는 물을 연결하는 관개시설의 일종이리라. 제르포는 무척이나 목이 말랐다. 그는 천천히, 우둔하게 엎드려 풀을 핥으며 이 구원 같은 행운을 숙고해보았다.

하지만 1분은 족히 지나고 나서야 그는 자신이 아직 곤경에서 벗어나지 못했음을 깨달았고, 계곡 밑바닥에 위치한 촌락까지의 거리를 계산해보았다. 직선거리로 1~2킬로미터 정도 되리라. 도보로 가면 그보다 다섯 배 혹은 열 배는 될 것이다.

제르포는 상당히 짜증이 난 채 잠시 휴식을 취했다. 그리고 이내, 여기서 잠들었다가 죽을까 봐 겁이 났다. 그는 직접 만든 목발에 매달려 몸을 일으켰다. 다시 길을 갔다. 촌락이 있는 방향으로 계속 내려가려면, 또다시 숲속으로 들어가야 했다. 마을이 시야에서 사라졌다. 머뭇거리며 15분 정도 이동하고 나자, 제르포는 마을을 절대 찾지 못하거나 일주일은 걸어야 마을에 닿을 수 있을 거라는 생각이 들었다. 그러자 불안감이 치밀어 올라 목과 텅 빈 배 속을 죄는 듯했다.

밤이 찾아왔다. 열차에서 떨어진 이후 두 번째로 맞이하는 밤이었다. 그는 어둠 속에서 길을 속행하려 했다. 그러다 나무에 세게 부딪혀 울음을 터뜨렸다. 두 번 넘어지고 나서는 포기해버렸다. 너무도 피곤했다. 그 즉시 잠이 들었다. 아침이 되자 어느 포르투갈인 벌목꾼이 그를 발견했다.

14

제르포가 정신없이 곯아떨어진 동안, 새벽 2시에 라디오 채널 RTL이 타우너스의 소유주가 확인되었다는 방송을 내보냈다. 이 차는 사건 발생 당일 파리 출신의 기업 임원 조르주 제르포가 렌트한 것이며 제르포라는 인물은 그 후 실종되었다는 내용이었다. 라디오 방송은 7월 2일 저녁에 주유소 직원 한 명과 신원이 불분명한 또 다른 남자가 살해되었다는 사실을 상기시켰다. 여느 밤의 RTL 방송과 마찬가지로, 라디오 진행자의 어조는 중립적이고 신중했다. 앞서와 같은 어조로 진행자는 근동의 정세를, 주프랑스 유고슬라비아 대사관 테러 사건을, 비극으로 끝난 루아르의 물놀이 사고(여름 캠프에 간 아이 두 명이 숨졌고 캠프 책임자인 신부 한 명이 아이들을 구하려다 역시 목숨을 잃었다)를 보도했다. 곧이어 RTL이 주관하는 콘서트의 광고가 흘러나왔다. 이윽고 방송의 시그널뮤직이 재생되더니 레너드 코언*의 목소리가 들렸다.

날이 더웠다. 반바지 형태의 헐렁한 흰색 팬티 하나에 목

---

* 캐나다 출신의 싱어송라이터.

짧은 흰 양말만 걸친 채, 카를로는 PLM 생자크 호텔* 객실 탁자 앞에 앉아 있었다. 얼굴은 온통 초췌했고 한참 운 사람처럼 눈이 새빨갰다. 그는 부동의 자세를 유지했고 뉴스를 들으면서 아무 반응도 보이지 않았다. 그러는 한편, 탁자를 꽉 붙잡은 채 등척성 근육운동**을 했다.

주유소 화재 사건과 바스티앵의 죽음 이후, 카를로는 완전히 얼이 빠지고 슬프고 분한 나머지 반쯤 실성하여 무턱대고 차를 달렸다. 부르캉브레스*** 근방에 도착해서야 차를 멈춰 세워 차량용 비상 앞 유리를 설치했다. 유연하고 투명한 플라스틱을 클립으로 고정하는 형태였다. 그는 한참 동안 고민한 뒤 지도를 살펴보았다. 지금 이 시각 소방관과 경찰이 우글거릴 것이 분명한 주유소 앞을 다시 지나가지 않도록 유의하며 파리로 되돌아갔다. 그는 고속도로를 탔고 시속 70킬로미터를 넘기지 않으면서 오른쪽 차선으로 달렸다. 새벽 5시경 아셰르라포레에서 고속도로를 빠져나왔다. 퐁텐블로 숲 어디에선가 도로를 벗어나 숲속에 차를 세웠다. 자신의 바람과는 달리 바스티앵의 시신을 묻을

---

*   오늘날의 파리 메리어트 리브 고슈 호텔. 당시 세계에서 가장 모던한 호텔로 손꼽혔다.

**   관절을 움직이지 않는 상태로 근육의 길이를 유지하며 힘을 내는 운동.

***   프랑스 동부, 스위스 국경 근처에 위치한 주도.

수는 없으니, 철제 캐리어에서 바스티앵의 개인 물품, 나일론 실과 세면도구, 옷 따위를 꺼내서 묻었다. 바스티앵의 카키색 팬티를 보자 마음이 북받친 나머지 눈물이 터져 나왔다. 눈물이 빰을 타고 흐르는 가운데, 카를로는 물건들을 다묻고선 부드러운 흙을 밟아서 땅을 다졌다. 곧이어 그는 이 가짜 무덤에서 추도사 대신 해줄 말을 찾아보았다. "하늘에 계신 우리 아버지" 외에는 아무런 기도도 떠오르지 않았다. 란치아의 바닥에서 그는 만화 잡지 〈스파이더맨〉(〈스트레인지〉에서 모험을 펼치는 '스파이더'와 혼동해서는 안 된다) 한 부를 발견했다. 카를로의 얼굴이 밝아졌다. 그는 무덤으로 되돌아가 잡지를 펼쳤고, 먼지에 적힌 글귀를 엄숙하게 읽기 시작했다. 스파이더맨의 모험을 소개하는 글귀로, 그 내용은 바뀌는 법이 없었다.

악의 무리를 가차 없이 응징하는 정의의 사도가 되기 전, 스파이더맨은 수년간 미국의 암흑가를 지배하며 진정한 범죄의 제왕으로 군림했다. 스파이더맨은 스스로 개발한 기발한 장치 덕분에 모든 범죄 집단을 저지할 수 있었다. 또한 펠럼 교수와 에릭스타인 교수와의 협력을 확보했으며, 인간두뇌로 상상하기 어려운 수많은 기술적 수단을 보유했다.

카를로가 고개를 떨구더니 만화 잡지를 덮고서 잠시 묵념했다.

"아멘. 편안히 잠들길. 내가 당신 복수를 해줄게, 맹세해. 그 빌어먹을 놈의 멱을 따버리겠어. **이테 미사 에스트**(Ite missa est)[*]."

그는 다시 란치아에 올라타 출발했고 도로에 들어섰다. 외곽 지역을 통해 느긋하게 파리로 되돌아갔고, 도중에 비로플레^{**}의 카페 겸 레스토랑에 들러 커피를 한 잔 마시고 크루아상 여섯 개를 먹어치웠다. 커피가 턱으로 흘러내리는 가운데 크루아상을 마구 씹어댔다.

9시가 되자 카를로는 뫼동과 이시레물리노의 경계에 위치한, 자신이 아는 자동차 정비 공장에 란치아를 팔았다. 타격이 그다지 심각한 편이 아니라서 쉽게 수리할 수도 있었다. 하지만 그는 손해를 보고서라도 파는 편을 선호했고, 이차를 더는 보고 싶지 않았다. 란치아를 볼 때마다 바스티앵과 함께 지내던 시절이, 그들의 행복했던 동업자 생활이 너무도 떠올랐던 것이다. 카를로는 그 즉시 1973년형 푸조 504 쿠페 모델을 구입했다. 110마력/5600rpm의 최고 출력

---

 *   '미사가 끝났다'는 의미의 라틴어.

**   파리에서 남서쪽으로 20킬로미터 정도 떨어진 작은 마을.

과 175킬로미터의 최고 시속을 자랑하는 기종이었다. 그리고 에드몽 브롱이라는 이름으로 된, 진짜보다 더 진짜 같은 위조 신분증명서도 샀다.

이내 카를로는, 본인은 전혀 몰랐겠지만 리에타르가 이 시레뮐리노 시청 근처에서 운영하는 사진 현상관을 지나쳐 파리로 되돌아갔다. PLM 생자크 호텔에 방을 구했다. 그 이후로 거기서 움직이지 않았다. 호텔 안에서 먹고 잤고, 딱 한 번, 건물 아래에 위치한 영화관에 영화를 보러 내려왔을 뿐이다. 객실 안에서 등척성 운동 따위의 근육운동을 했고, 무엇보다도 바스티앵을 애도했다. 그는 사태가 진정되기를 기다렸다.

15

사실을 말하자면, 제르포가 걸음을 멈추고 잠든 곳으로부터 채 50미터도 떨어지지 않은 곳에 포르투갈인 벌목꾼들의 임시 숙소가 자리해 있었다. 몇 걸음만 더 갔더라면 그들과 마주쳤을 수도 있었다. 하지만 어둠 속에서 미처 보지 못한 채 지나쳐 갔을는지도 모를 일이었다.

제르포를 발견한 포르투갈인은 새벽 5시 45분경에 소변을 보거나 뭐 그런 목적으로 임시 숙소를 막 빠져나온 참이었다. 벌목꾼은 키가 컸고 기골이 장대했으며 어두운 머리색에 피부는 거무스름했고 누런 뻐드렁니가 눈에 띄었다. 진회색 헤링본 바지에, 전체적으로 너무 작은 데다 팔꿈치 부분을 덧댄 싸구려 자카드 스웨터 차림이었는데, 원래는 빨간색 도안이 그려진 흰 스웨터였지만 잦은 세탁 때문에 누리끼리한 분홍색으로 물들어버렸다. 머리에는 큼지막한 검은 베레모를 쓰고 있었다. 포르투갈인이 다가온 바로 그 순간, 제르포가 눈을 떴고 두 사람의 눈이 서로 마주쳤다.

"안녕!"

포르투갈인이 어설픈 프랑스어를 또박또박 발음했고, 입술을 한 차례 핥고서는 미소를 지었다.

제르포가 인사에 화답한 뒤 일어나려 했지만 곧바로 넘어져버렸다. 몸이 너무도 약하게 느껴졌고, 아프고 피로했다. 그가 으르렁거리듯 말했다.

"마실 것 좀."

"아. 요기서 밤새 잤어? (그가 땅바닥을 가리켰다.) 너무 차."

"뭐라고요?"

얼빠진 듯 보이는 제르포에게 포르투갈인 인부가 다시 설명했다.

"차! 너무 차! 덥지 않다고. **비노**(Vinho)[*]?"

그 말에 제르포가 세차게 고개를 끄덕이며 스페인어로 말했다.

"비노, 시, 아블라 에스파뇰?(Vino, si, ¿Habla español?)^{**} (인부가 모호한 몸짓을 해 보였다.) 요. 페르디도. 무이 말로(Yo: perdido. Muy malo)^{***}. 추워요. (그러자 상대방이 "그래, 차"라고 대답했다.) 에취."

제르포가 뭔가를 설명하려고 "에취"라고 말하며 기관지염을 뜻하는 손짓을 해 보였다. 생각했던 것보다는 그렇게

---

*   포르투갈어로 '포도주'라는 뜻.

**   스페인어로, '포도주, 그래요. 스페인어 해요?'라는 뜻.

***   스페인어로, '나, 길 잃었어요. 아주 안 좋아요'라는 뜻.

어렵지 않았다.

포르투갈인은 제르포가 일어나도록 도와주었고 그를 임시 숙소까지 데리고 갔다. 가는 동안, 상대방이 스페인어를 알아듣는다고 여전히 믿고 있던 제르포는 자신의 부어오른 발과 피가 말라붙은 이마를 가리키며 "케 말라 수에르테(Que mala suerte)*."와 "케 바르바리다드(Que barbaridad)**." 같은 감탄사를 의미 없이 내뱉었다.

벌목꾼은 여덟 명이었다. 이들은 말뚝으로 고정해놓은 커다란 천막 아래서 야숙했다. 모포는 지저분하기 짝이 없었고, 잔가지와 나뭇잎을 매트리스 삼아서 잤다. 눅눅해진 빵과 알제리 포도주 약간, 치즈, 형편없는 커피, 말린 채소가 든 커다란 자루 여러 개와 음란한 사진이 가득한 잡지 세 권이 있었다. 장비는 도끼와 톱 여러 개 그리고 홈라이트 절단기 두 개가 전부였다. 이들은 프랑스에 불법 체류하는 중으로, 그 어떤 유의 사회보장도 받지 못했고 주당 60~70시간의 노동에 대해 최저임금의 절반을 겨우 웃도는 임금을 받았다. 벌목꾼들이 제르포에게 빵과 완두콩 수프를 나눠주었고, 가루로 된 아스피린 두 봉을 포도주에 타주

---

*   스페인어로, '얼마나 운이 나쁜지'라는 뜻.
**   스페인어로, '너무 끔찍해요'라는 뜻.

었다. 그들은 제르포를 어떻게 해야 할지 몰랐다. 제르포가
몸을 덜덜 떨며 비 오듯 땀을 흘렸기에, 벌목꾼들은 악취가
나는 모포 두 장으로 그의 몸을 감싸주었다. 개중 프랑스어
를 가장 잘하는 벌목꾼 하나가 제르포에게 말했다.

"누군가 올 거요."

이내 벌목꾼 일행이 도끼와 톱, 절단기를 들고는 나무들
사이로 멀어져갔다. 아침 햇살이 꽤 아름다웠다. 이런 유의
풍경을 좋아하는 이에게는 무척이나 근사한 풍경이었으리
라. 제르포가 기관지염에 걸렸든 아니든, 발이 부었든 아니
든, 그에게는 어쩌면 계곡 밑바닥으로 다시 출발할 만한 육
체적인 힘이 남아 있었는지도 모르겠다. 벌목꾼들이 떠난
지 두 시간도 더 지났을 때, 그는 제 발로 다시 출발할까 고
민해보았다. 하지만 누군가에게 발견되어 보살핌을 받은
이후, 당장은 정신력이 무너져 있는 상태였다.

점심시간을 기다리며, 저 멀리서 들려오는 절단기 소리
를 붙잡고자 귀를 기울이며, 그리고 자신이 제대로 들은 것
인지 혹은 그저 바람이 숲을 지나는 소리에 불과한 것인지
확신하지 못하는 채로 제르포는 바닥을 기어가 음란 잡지
를 붙잡았다. 영어로 된 텍스트였고, 그 내용은 문학적 관점
에서뿐 아니라 성적 판타지라는 관점에서도 빈곤하기 그지
없었다. 사진으로 말할 것 같으면 상스럽다 못해 짐승 같은

얼굴에 살집이 통통한 여성들을 찍어놓았다. 취향이 어떻든 간에 그쪽으로 마음이 기울 수 있다는 점을 유념한다면, 좀 더 섬세한 스타일, 뺨이 홀쭉한 호리호리한 여성이 제르포의 취향이었다. 그는 독자 의견란을 읽어보았다. 이 코너에서는 '큰 가슴 대 큰 엉덩이'라는 단 하나의 논의만이 활기를 띠었다. 제르포는 참 의미 없는 논의라고 생각했고, 진절머리가 났다.

오전 10시 30분경에 그는 잡지를 멀리 내던져버렸고, 몹시도 비참한 기분이 드는 동시에 죽어가듯이 몸이 아파왔다. 그때 포르투갈인 인부 하나가 모자 쓴 노인을 데리고선 다시 나타났다. 노인은 흰머리가 어깨까지 길게 내려왔고, 듬성듬성한 조직의 갈색 코듀로이 조끼를 입고 있었다. 노인이 끙 소리를 내며 제르포에게 아는 척을 하고는 그 옆에 무릎을 꿇고 앉았다. 제르포의 몸을 감싼 모포를 벗겨내고 왼쪽 바짓단을 걷어 올린 뒤 부상당한 발을 살피며 한참 만져보았다.

"프랑스어 하십니까? 당신은 누구죠?"

제르포가 물었으나 대답이 돌아오지 않았다.

노인은 훈련받은 돼지가 송로 채집을 할 때처럼 집중한 기색으로 계속해서 발을 만져볼 뿐이었다.

"제발, 무슨 말이든 해주십시오! 제가 프랑스에 있는 거

맞죠? 알프스, 알프스 아닙니까, 네?"

불안과 혼란에 사로잡힌 제르포가 새된 소리로 외쳤다. 노인은 염증이 생긴 피부 근처를 잡아 세게 비틀어 눌렀다. 제르포가 비명을 질렀다. 감은 눈 사이로 흘러나온 눈물이 수염으로 덮인 지저분한 콧잔등을 적셨다. 그는 입술 사이로 드러난 이를 부득부득 갈았다. 바닥을 짚은 팔꿈치를 들어 자신의 발목을 만지려 했다. 그 순간 노인이 뒤로 미는 바람에 제르포는 벌렁 나자빠졌다. 노인이 조끼 주머니에서 네스카페 캔 하나를 꺼내 열었다. 그 안에는 노랗고 끈적끈적해 보이는 반죽이 들어 있었다. 제르포는 그것이 자동차 윤활유일 것이라고 짐작했다. 노인이 반죽을 한 주먹 가득 꺼내어 제르포의 발목에 펴 바르더니, 힘차게 마사지하기 시작했다.

"그래, 자네는 알프스에 있는 게 맞네. 프랑스에 있는 것도 맞고. 대체 무슨 생각을 한 건지! 맞아, 자넨 바누아즈*에 있는 거라네."

"접골사시군요."

"접골사라는 표현은 마음에 들지 않는군. 난 군 간호사일

---

* 동부 알프스산맥에 속하는 산맥. 프랑스 남동부에 위치하며 이탈리아와의 접경 지대인 사부아 지방에 포함돼 있다.

세. 한데 어쩌다 여기에 왔는가? 여행이라도 하다가? 발을 다쳤을 때는 산과 계곡을 누비면 안 되지." (노인이 제르포의 발목을 네모난 거즈로 감싼 뒤 그 주변에 압박붕대를 감았다.)

"열차에서 떨어졌습니다."

"부러진 뼈를 원래대로 맞춰놓았네. 난 라귀즈 하사라고 하네. 어느 열차에서 떨어진 건가? 자네 이름은?"

노인의 말에 제르포가 얼른 대답했다.

"조르주, 조르주 소렐*입니다. 어젯밤 화물열차에서 떨어졌어요. 전 그냥 떠돌이 생활을 합니다, 열차 안에서……. 그러니까, 철도청 직원이 아니라 마냥 떠돌아다니는 부랑자 신세라는 겁니다." (힘겹게 말한 끝에 제르포의 숨이 가빠졌다.)

라귀즈 하사가 보라색 바둑판무늬 손수건으로 두 손을 닦으며 일어섰다. 그는 자신이 꺼냈던 것을 주머니에 전부 집어넣었다. 연고 통뿐 아니라, 뚜껑이 경첩으로 연결된 길쭉 납작한 형태의 녹슨 금속 통들에 들어 있던 네모난 거즈

---

* 조르주 소렐(Georges Sorel, 1847~1922). 사회 변화를 실현하기 위한 수단으로 '폭력'을 옹호했던 20세기 초의 노동운동가. 또한 소렐은 《적과 흑》의 주인공, 끝내 사회적 명성을 쌓지 못했던 또 다른 반순응주의자인 쥘리앵 소렐의 성씨이기도 하다.

와 압박붕대까지 집어넣었다.

"내일까지는 일절 움직여서는 안 되네. 포르투갈인들이 자넬 돌봐줄 거야. 다들 친절한 사내들이네. 내일 아침에 내가 노새를 끌고 오도록 하지."

"여기서 하룻밤을 더 보내라고요? 하지만 많이 아픈 데……."

제르포가 반박하자 라귀즈가 곧바로 말했다.

"아프기는. 포도주나 좀 마시게."

"가진 돈도 없습니다."

"돈을 받으려고 치료해준 게 아니네. 그저 내 동포를 돕는 것뿐이지."

16

라귀즈 하사는 아주 오래전에 군을 떠났을 뿐 아니라 하사였던 적도 없었다. 참전 경험은 전무하다시피 했다. 1차 세계대전 당시에는 너무 어렸고, 2차 세계대전이 닥쳤을 때는 이미 너무 나이 먹은 후였다. 그는 발생 가능성이 낮은 이탈리아의 공습을 여섯 달간 기다리며 몇 가지 간호 기술과 노새 부리는 법을 익혔다. 총을 쏴본 것은 독일 점령 기간 동안이 전부였고, 그마저도 사람에게는 별로 쏴본 적이 없었다. 라귀즈가 노새를 타고서 제르포를 데리러 온 후 그에게 빌려준 석회 바른 방은 스탈린의 초상화와 루이 파스퇴르(사실 이 초상화는 영화에서 파스퇴르 역할을 맡아서 분한 사샤 기트리의 사진이었다)의 초상화로 기이하게 장식되어 있었다. 제르포는 그 방에서 일주일간 누운 채로 지냈다. 그 상태로 〈베르모 연감〉*, 마테를링크의 《개미의 생활》, 선교사이자 비행사였던 부르바키 아무개 신부의 놀라운 자서전을 읽었다. 제르포의 상상력은 특히 두 차례의 독

---

* 1886년에 창간된 연 1회 발행되는 정기간행물. 하루 날짜에 한 페이지가 할애되며, 각 페이지에는 실용 정보와 유머, 난센스 퀴즈, 일러스트 등의 잡다한 내용을 싣는다.

일인 대량 학살 사건 사이, 이 피를 좋아하는 신부가 깃발 때문에 생긴 문제를 해결하려 했을 때 벽에 부딪혔다. 예수의 심장으로 장식된 이 삼색기는 이 전사 겸 신부 나부랭이의 비행기 지지대에 매달려 있었는데, 빠른 비행 속도 때문에 자꾸만 찢어졌던 것이다. 신부는 결국 운모판을 사용하여 이 문제를 무사히 해결해냈다. 그 외에, 검둥이 나환자들로 넘쳐나는 책 나머지 부분은 견딜 수 없을 정도로 지루했다.

라귀즈는 제르포에게 석고 깁스를 해주었고, 처음 며칠간 먹을 것을 가져다주었다. 아침에는 연한 커피와 신선한 치즈, 거기에 서양배와 모과 따위의 과일을 발효시킨 뒤 본인이 직접 증류해서 만든 끔찍한 술을 가져다주었다. 점심과 저녁 메뉴는 수프와 빵, 치즈, 냄새가 역한 데다 기름기가 잔뜩 낀 소시지였고, 가끔은 기다랗고 좁다란 통조림에 든 백포도주 절임 고등어에 시큼하고 맑은 적포도주를 가져다주기도 했다.

"소렐, 먹어야 하네. 그래야 기력을 회복하지. 그래야 피부 조직이 재생된다고."

얼마 지나지 않아 제르포는 자기 방에서 거실 탁자까지 절뚝이며 걸어갈 수 있게 되었다. 마을에서 동떨어진 채 언덕 사면에 위치한 라귀즈의 집은 회반죽을 쓰지 않고 석재를 쌓아 올린 뒤 슬레이트로 덮어서 지은 건물이었다. 안쪽은 진흙과 모래를 이겨 초벽을 바르고 그 위에 석회를 발라놓았다. 지붕에 커다란 화강암 덩어리를 올려놓아 태풍이 불어도 슬레이트가 날아가지 않도록 해놓았다. 엄밀하게 말하자면 단층집이나 마찬가지였지만, 사면에 위치한 덕분에 집 아래쪽에 지하 저장고와 언덕 아래로 통하는 외양간이 들어갈 공간이 있었다. 이곳에다가 라귀즈는 술병과 식료품, 증류기, 노새 따위를 넣어두었다. 그 위에는 커다란 아궁이와 현무암 소재 개수대, 침실 두 개가 있었다. 각 방마다 창살이 달린 작은 창문들과 하트 모양으로 구멍이 뚫린 목재 덧문이 있었다.

"난 자네가 부랑자가 아니라는 걸 바로 알아차렸네."

라귀즈가 입안에 치즈를 가득 넣은 채로 포도주를 따라주며 말했다. (이 순간 두 사람은 점심 식사를 하려고 식탁에 마주 앉아 있었다. 거대한 식탁은 덕지덕지 앉은 때로 반질거렸다. 아궁이 안 숯불에서 쉭쉭 소리가 났다. 제르포의 얼굴 하관은 덥수룩한 금빛 수염으로 가려져 있었다. 부상당한 다리는 여전히 약한 상태였다. 금발의 머리카락 안쪽에 난 상처는 다 나았지만, 상처가 난 자리는 제르포가 죽을 때까지 새하얀 흉터로 남아 있을 터였다.)

"난 아내를 버리고 달아났습니다. 그래요, 버리고 달아났다고요."

"난 자네에게 아무것도 묻지 않겠네. 이리 오게나."

여전히 입안에 치즈를 가득 머금고 머리에는 펠트 모자를 쓴 채, 노인이 끙 소리를 내며 일어났다. 단두대가 떨어지는 듯한 소리를 내며 오피넬 나이프를 접은 뒤 그것을 조끼 주머니에 쑤셔 넣었다. 노인이 자기 침실로 향했다. 제르포가 당황한 기색으로 얼른 잔을 비우더니 함께 일어났다.

"총 쏠 줄 아나, 소렐?"

"네?"

"총 말이야, 총."

라귀즈가 문턱을 넘으며 되풀이했다. 제르포가 그를 따라 침실로 들어갔다. 라귀즈의 방에 들어가는 것은 이번이 처음이었다. 이 방은 제르포가 머무는 방과 크게 다르지 않았다. 오래된 가구와 철제 침대. 샹젤리제의 밤 풍경이 그려진 우체국 달력. 선반에는 마르틴 카롤*의 흉물스러운 채색 초상화로 장식된, 무선수신기용 잡음 제거 액자형 안테나가 자리해 있었다(하지만 집 안 어디에도 무선수신기는 보이지 않았다). 커다란 궤 하나와 장롱 하나. 총걸이에는 팔코 엽총, 샤를랭 엽총, 임페리얼 조준경이 달린 웨더비

---

*   프랑스의 유명 여배우.

마크 5 소총이 각기 한 자루씩 걸려 있었다. 라귀즈가 웨더비를 꺼내 들었다.

"두고 보면 알겠지."

노인의 말에 제르포가 대답했다.

"혹시 영감님이 생각하시는 게 그런 건지는 모르겠는데, 난 도주 중인 범죄자 나부랭이가 아닙니다."

"이 사람아, 나도 아네."

라귀즈가 궤를 열더니 그 안에서 탄창을 꺼내 소총에 장전했다. 장전을 마치고 나자 궤 안에 다시 손을 넣었다. 그 안으로 구겨진 거즈, 녹슨 통들, 각종 케이스, 잡다한 도구 따위가 들여다보였고 노인은 그 가운데 쌍안경을 꺼냈다. 두 사람은 침실을 나와 집 밖으로 나갔다. 제르포는 깁스를 한 채 절뚝거렸다. 햇빛 때문에 머리가 빙빙 도는 기분이었다. 라귀즈가 몇 걸음 걸어가더니 집 뒤편에서 숲을 향해 올라가는 언덕 사면을 가리켰다. 그가 미간을 찌푸렸다. 살갗의 주름 사이로 검은 눈동자가 가려져서 거의 보이지 않았다. 얼굴에는 침울하고 고통스러운 표정이 떠올라 있었다.

"여기서 100미터쯤 거리에, 완두콩 캔이 말뚝 위에 놓여 있을 걸세, 보이나?"

"아뇨. 아, 그런 것 같네요."

라귀즈가 제르포의 두 손에 소총을 쥐여주었다.

"주변에 사람이 있진 않는지 주의하고, 저걸 쏘게나."

노인이 제르포의 눈에 무심하게 쌍안경을 갖다 댔다. 제르포는 불편하기 짝이 없는 자세로 어설프게 총을 어깨에 올렸다. 쌍안경의 시야에 완두콩 캔이 잡히고 나자 그 모습이 선명히 보였다. 그는 목표물을 조준하려 애썼다. 방아쇠를 당겼지만 아무 일도 일어나지 않았다. 안전장치를 해제하지 않았기 때문이다. 그는 안전장치를 해제한 뒤 다시 한번 당겼다. 불이 뿜어져 나갔고 제르포는 목표물을 놓쳤으며 탄환이 어디로 갔는지조차 보이지 않았다.

라귀즈가 제르포의 얼굴에서 쌍안경을 떼지 않은 채 말했다.

"형편없군. 자네가 잡으려는 뭔가를 쏜다고 생각해보게나. 짐승이라든가, 뭐든 자네가 바라는 거 말이야. 특정 인물이라든가."

제르포가 바닥에 시선을 둔 채 노리쇠를 당기자, 뜻하지 않게 새 탄환이 튕겨 나왔다. 그는 조심스럽게 거총한 뒤, 숨을 멈춘 채 100미터 거리의 완두콩 캔을 커다랗게 구멍 냈다.

두 사람은 집으로 돌아왔다.

"총이 근사하군요."

제르포가 웨더비를 노인에게 돌려주며 예의 바르게 말했다. 노인은 총을 닦은 뒤 정리했다.

"그렇다마다! 백만금의 값어치를 하는 물건이지. 12년 전에 어느 독일인이 주고 간 거야. 내가 본인의 목숨을 구해준 셈이었거든. 사냥꾼이었어. 꼭 자네처럼 한쪽 다리가 완전히 썰려 있는 걸 내가 데려왔다네. 하지만 한참 더 높은 곳에서 발견했지."

"조만간 이곳을 떠나야 할 것 같습니다."

라귀즈가 제르포를 날카롭게 쳐다보았다.

"사례라면 필요 없네. 난 부족한 게 없으니. 손녀가 매달 돈을 보내주는데, 그 돈도 쓰지 않고 생장의 마을금고에 예금해둔다네. 이보게, 난 정말 아무것도 필요하지 않아. 보게나, 만일 자네가 이곳을 떠나서 돈을 벌어 내게 보답해야 한다고 생각한다면, 잘못 짚은 거야."

"이곳에서 계속 지낼 수는 없습니다."

"내가 자네 깁스를 제거할 때까지라도 이곳에서 지내게. 그런 다음, 이곳이 마음에 들지 않으면……."

"아뇨, 마음에 듭니다."

제르포의 대답에 라귀즈가 활기차게 말했다.

"그럼 자네가 약간의 보답을 할 수도 있겠지. 사냥해본 적 있나?"

제르포가 고개를 저었다. 라귀즈가 소총을 총걸이에 되돌려놓은 뒤 궤를 닫았다. 두 사람은 거실로 되돌아갔다.

"사냥은 내 유일한 즐거움이라네."

라귀즈가 말했다. (그의 얼굴에는 능글맞고도 어린애 같은 표정이 떠올라 있었다.) 그는 만족스러운 듯 말을 이었다.

"바누아즈 국립공원 정도는 어린애 장난 수준이지. 하지만 이제는 앞이 제대로 보이지 않는다는 게 문제야. 내가 자네 깁스를 제거하고 나면, 자네가 약간의 보답을 하는 건 어떻겠나. 함께 사냥을 하는 거지, 시쳇말로 자네가 내 눈을 대신하는 걸세."

제르포가 친절한 미소, 혹은 조롱기가 담겼거나 그저 무기력한 미소를 짓고선 말했다.

"안 될 게 뭐 있겠습니까? 함께 사냥하지요. 난 쓸모없는 인간이고, 이제 할 일도 없고, 갈 곳도 잃었습니다. 그래도 눈을 대신하는 것쯤은 할 수 있겠죠."

그날 밤 제르포는 악몽을 꿨다. 베아와 두 딸, 그리고 새빨간 차를 탄 두 명의 살인자와 대체용 눈알이 담긴 유리병을 든 프랑켄슈타인 남작이 등장하는 꿈이었다.

9월 1일에 제르포의 깁스가 저절로 부서지기 시작했다. 라귀즈가 나머지 깁스를 모두 제거했다. 제르포는 드디어

발을 긁을 수 있다는 데에 안도했다. 여전히 한쪽 발을 살짝 절었고 노인은 발 저는 건 나아지지 않을 거라며 투덜댔지만, 제르포는 그다지 상관없다고 대답했다. 그러자 라귀즈가 궤 안을 뒤지더니, 손때가 잔뜩 탄 개론서들을 뒤적였다. 제본이 여러 조각으로 잘게 뜯겨져 나간 개론서에는 콧수염 난 남자의 인체 해부학도가 실려 있었다. 노인이 제르포에게 재활 운동 설명서를 주었다. 이 운동을 매일 하면 다리 저는 것이 좀 줄어들 것이고 특히 척추와 그 외 다른 뼈의 변형을 막을 수 있다고 했다.

제르포는 읍내에서 담배나 콸런지, 휘발유 따위를 사 오는 소소한 심부름을 하며 보탬이 되려 했다. 잡화점 겸 카페에서는 세상물정을 알아보려고 가끔 〈도피네 리베레〉를 훑어보기도 했다. 스포츠 경기가 전성기를 맞이했고, 제3세계에서는 폭동, 기근, 홍수, 전염병, 테러, 측근자 쿠데타, 내전 등이 잇따라 발생했다. 서구 세계에서는 경제가 제대로 돌아가지 않았고, 정신질환이 만연했으며, 사회계급 간의 충돌이 거셌다. 교황은 이 시대의 고삐 풀린 쾌락주의를 비난했다.

노인이 태반이고 얼마 안 되는 가옥보다 수가 더 적은 마을 주민들은 합당한 호기심을 잠시 동안 발휘했다. 절반은 진실이자 절반은 거짓에 가까운 얘기에 만족한 이들은 제르포에게 그 이상 질문하지 않았다. 과거에도 라귀즈 하사는 상처 입은 짐승들을 거두었고 여행자들을 묵게 해주었으며 영국인 캠핑자들이 자기 집 뒤편 초원에다가 텐트를 치도록 해주었다. 제르포는 라귀즈가 새로이 찾아낸 발견물 중 하나였으며, 과묵하고 좀 단순하지만 노인에게 도움의 손길을 내밀 줄 아는 친절한 부랑자였다. 그는 언젠가 헌병대의 차가 이 위까지 올라왔다가 가을비가 쏟아져 진흙 속에 파묻혔을 때, 함께 차를 밀어주었다. 또 언젠가는 잡화점 겸 카페에서 한턱 내면서 자신이 수없이 곤경을 겪었고 아내에게 버림받았다, 과거에는 대기업 임원이었지만 미국에서 흔히들 그러는 것처럼 모든 걸 다 버리고 떠난 뒤 이제는 '보헤미안'이 되었다고 말했다.

"보헤미안, 그렇지! 그게 바로 나요! 건배!"(그러고는 잔을 비웠다.)

가을 동안 라귀즈는 제르포에게 점점 더 긴 등산 코스를 연습시키기 시작했다. 몇 주 뒤에는 총을 챙겨서 떠났고 등산은 사냥으로 바뀌었다.

두 남자는 특히 삼림지대를 돌아다녔다. 이따금 자고새나 물떼새, 들꿩, 뇌조 따위의 깃털 달린 짐승을 사냥했으며 다람쥐나 산토끼를 잡기도 했다. 시력이 굉장히 나빠진 라귀즈는 조준하는 것마다 전부 놓쳤다. 얼마 후에는 아예 총을 쏘지 않았고, 제르포가 대신 쏘도록 했다.

10월 말에는 웨더비를 가지고서 여태껏 올라본 적 없는 가장 높은 지대로 올라갔다. 눈발이 흩날렸지만 이내 날씨가 진정되었다. 두 사람은 숲을 가로질렀고 월귤나무와 진달래가 얼룩진 고산지대 초원을 거쳐 올라갔다. 그러자 곧이어 화강암으로 된 산등성이와 눈 덮인 산봉우리가 지평선을 가득 채웠다. 제르포와 라귀즈는 돌투성이 길을 따라 올라갔다. 노인은 굉장히 들떠 보였다. 제르포는 그저 무기력하기만 했다. 사실, 산에서 머무른 이후로 내내 얼이 빠져 있었다. 현재는 눈앞의 풍경을 딱히 아름답다고, 추하다고도 여기지 않으며 그저 관조했다. 아픈 쪽 다리가 자신을 거역하는 것이 느껴졌지만 쉬어 가려는 생각은 하지 않았다. 땀이 등과 갈비뼈를 타고 흘렀고, 공중에서 내려오는 바람이 얼굴을 할퀴어댔지만 별로 신경 쓰이지 않았다.

오후가 절반 정도 지났을 때 일행은 돌로 만든 어느 산장에서 휴식을 취했다. 판자 침대 여러 개, 아궁이 하나에 내벽 바위에는 각종 글귀가 목탄으로 적혀 있었는데, 이곳을 다녀간 여행자들이 이렇게 해발고도가 높은 곳을 방문했다는 흔적을 남기려 했던 것 같다. 제르포는 그러고 싶은 마음이 전혀 없었다. 두 사람은 이곳을 떠났고 한 시간 후, 라귀즈는 형편없는 시력을 웨더비 조준경으로 보완한 덕분에 400미터 거리의 뿔 달린 짐승—야생 영양이나 염소 따위를 잡았다. 제르포는 영양과 염소의 차이를 몰랐고 사실구분하지도 않았는데, 영양이든 달팽이든 그게 무슨 대수냐 싶었다. 두 사람은 짐승의 사체를 찾으러 갔다가 교대로그것을 들고 내려왔다. 하늘이 칠흑처럼 어두워지고 나서야 산장에 되돌아왔다. 라귀즈는 바누아즈 국립공원과 공원 관리인들을 향해 추잡하고 빈정대는 언사를 계속 쏟아냈다. 제르포는 노인이 어째서 이렇게 적대적인 태도를 취하는지 일절 궁금해하지 않았다.

밤중에 두 사람은 짐승의 사체를 해체했다. 고깃덩어리를 소금에 절였다. 가죽과 뿔 달린 머리는 따로 두었다. 이후 며칠간 라귀즈는 가죽을 무두질하고 머리를 박제하는데에 전념했다.

"이것들을 멍청한 놈들에게 팔아치울 작정이네. 놈들의거실에 걸어두라고 말이지."

그러자 제르포가 신경질 조로 말했다. (그는 과일주를큰 잔으로 몇 잔 마신 참이었고, 최근 들어 점점 더 많이 마셨다.)

"내가 대체 여기서 뭘 하고 있는 건지, 영감님이 좀 설명해주시겠소? 여기서 이 빌어먹을 헛짓거리를 해대는 데 내삶을 허비하고 있다고."

"보게, 소렐. 자네는 가도 좋네. 자네가 원할 때 언제든 떠나라고. 자네는 자유인이잖나."

"하지만, 어디든 다 거지 같단 말입니다."

그래도 제르포는 노인과 대개 잘 어울려 지냈다. 두 사람은 몇 차례 더 등산을 나갔다. 또 노인은 이따금 수의사 대신으로 불려 가기도 했다. 눈이 쌓이고 짐승들이 고원지대를 떠나 축사를 침범할 때면 점점 더 자주. 그러면 제르포는 노인과 함께 가서 조수 노릇을 하며 램프를 드는 일 따위를 했다. 소의 뿔을 붙잡고 녀석의 머리를 앞뒤로 흔드는 법을 배웠다. 그러면 라귀즈는 버터를 바른 깃털을 가지고선 짐승의 한쪽 눈에서 이물질을 제거했다. 아니면 가끔은 그저 눈에다가 설탕 가루를 뿌린 뒤 소가 눈물을 잔뜩 흘려 이물질이 절로 빠져나오도록 했다. 그게 제르포가 배운 거의 전부였다.

4월 초가 되어 악천후와 추위가 점점 더 길어질 즈음, 술에 거나하게 취한 어느 저녁 라귀즈는 결국 아주 고약한 독감에 걸려버렸다. 자정이 될 무렵 제르포를 부르더니 노인은 자신이 곧 죽을 거라고 말했다. 꼭지가 돌 정도로 취해 있던 제르포는 그 말을 농담으로 여겼다. 동이 터올 즈음 라귀즈가 죽었다.

17

"이런 분이 오실 거라곤 상상도 못 했군요."

제르포가 알퐁진 라귀즈에게 말했다.

"절 어떻게 상상하셨는데요?"

알퐁진은 거실에, 노인의 안락의자에 앉아 있었다. 연회색 코듀로이 바지에 갈색 부츠, 베이지색 스웨터, 갈색 가죽코트 차림이었다. 숱 많고 건강하며 새카만 머리카락을, 가위질 한 번에 백만금은 줘야 할 미용사가 독일 병사의 군모같은 헤어스타일로 짧게 잘라놓았다. 햇볕에 그은 거무스름한 피부, 밝은색의 눈동자, 높이 솟은 눈썹 두덩, 도드라진 광대뼈, 자그마한 코, 단호해 보이는 턱. 새빨간 입술이가로로 늘어져 미소를 짓자 그 아래서 가지런하고 뽀얀 이가 드러났다. 그녀는 아주 훌륭한 여행사 광고 같은 분위기를 풍겼다. 물론 여행사 광고들은 보통 그런 분위기가 아니며 여행을 떠나기는커녕 오히려 자기 집에 머무르고 싶은욕구를 부추기기 마련이었지만. 알퐁진이 보드카를 한 잔마셨다. 그녀는 자신의 차 포드 카프리에 보드카병을 싣고왔다. 또한 막스라는 이름의 사내도 하나 데려왔다. 현재 그는 카프리를 타고 여기서 25킬로미터 떨어진 곳에 장을 보러 떠났다.

"잘 모르겠습니다."

제르포가 말했다.

"사십대 중반 혹은 그보다 나이 많은 여성을 상상했습니다. 잦은 설거지와 고된 노동으로 빨개진 손, 하도 울어서 빨개진 눈을 하고, 기차나 시외버스 같은 것을 타고선 좀먹은 검은색 외투 차림으로 도착한 그런 중년 여성 말입니다. 그런데 실례지만 나이가 어떻게……?"

"스물여덟 살이에요. 실례는요, 뭘."

"라귀즈 영감님의 딸이 아니군요."

"손녀죠."

"영감님은 본인한테 돈을 보내준다는 딸 얘기를 종종 하시곤 했는데……."

"그게 저예요."

"아, 네. 죄송합니다. 제가 왜 이런 질문들을, 대체 무슨 권리로 드리는 건지 잘 모르겠군요……. 이만 가보겠습니다. 술은 잘 마셨습니다."

제르포가 의자에서 일어나더니, 자신이 보드카를 마시는 데 쓴 겨자 단지를 현무암 개수대에 놓으러 갔다. 알퐁진이 말했다.

"여기 분이 아니시군요. 파리지앵이시네요."

제르포는 '파리지앵'이라는 표현이 우스워 금빛 수염 아래서 슬그머니 미소 지으며 말했다.

"파리 출신입니다. 이곳에 어떻게 오게 된 건지 얘기하면 아마 제 말을 안 믿으실걸요."

"그래도 얘기해보세요."

제르포가 웃음을 터뜨렸다. 어린아이로 돌아간 기분이었다.

"별거 없습니다. 작년 여름까지만 해도 저는 파리의 대기업 중간급 임원이었어요. 휴가를 떠났는데, 두 남자가 저를 두 차례 암살하려 했습니다. 이유는 모르겠지만요. 모르는 사람들이었습니다. 전 아내와 아이들을 그대로 놔둔 채, 경찰에 알리는 대신 무턱대고 도망쳤어요. 깨어나니 알프스 산맥을 횡단하는 화물열차 안에 있더군요. 그때 어떤 부랑자가 절 망치로 때려서 기절시킨 뒤 기차 밖으로 내던졌습니다. 발목이 부러졌고, 그것 때문에 발을 저는 겁니다. 당신 아버지…… 아니, 할아버지께서 저를 거두어다가 돌봐주셨습니다. 뭐 그렇게 된 거죠."

젊은 여인은 안락의자에 앉은 채 몸을 비틀어가며 웃어댔다.

"정말, 순전히 사실입니다."

제르포가 말했다. 진지한 표정을 유지하는 것이 어려웠

다. 그러자 알퐁진 라귀즈가 보드카병을 슬쩍 가리키며 말했다.

"한 잔 더 드세요."

그녀의 목소리에는 여전히 억누를 수 없는 웃음기가 가득했고, 하도 웃은 나머지 회색 눈에 눈물이 맺혀 있었다. 알퐁진이 눈가를 닦아내더니 한숨을 쉬었다. 제르포가 다시 겨자 단지를 개수대에서 집어 들고는 소맷자락으로 단지 밑바닥을 닦아낸 뒤, 보드카를 약간 따랐다. 그가 두 손가락을 머리카락 사이로 넣어 살짝 들어 보였다.

"여기, 이 흰 머리털 보이시죠, 이게 총상의 흔적입니다."

"네, 그래요. 모험을 즐기시는 분이군요."

"아뇨. 모르시는군요. 모험이라니 천만의 말씀. 오히려 그 반대죠."

"반대라니, 그게 무슨 말이에요?"

"모험을 바라지 않는 남자라는 겁니다."

"모험을 바라지 않는다고요? 행복하니까, 그 이상의 모험을 바라지 않는다는 거예요?" (여전히 웃는 기색이었다. 약간의 조롱기가 섞여 있었으나 악의는 없었다.)

"당신과의 모험이라면 감내하겠지만."

제르포가 불쑥 내뱉고는 본인의 말을 바로잡았다.

"죄송합니다, 그런 얘기를 하려던 게 아니었는데. 당황스럽군요."

그녀는 한참 동안 말없이 있었다. 알퐁진의 얼굴에 염려스러운 기색이 비쳤다. 제르포는 침묵을 채울 만한 말을 전혀 찾지 못했고 여인을 감히 쳐다보지도 못했다. 자신이 얼간이처럼 느껴졌다. 갑자기 그녀가 질문을 던졌다.

"장례식은 어땠어요? 난 가고 싶지 않았어요. 할아버지가 돌아가셨다고 동요된 게 아니에요. 그저 장례식이 싫을 뿐이에요. 장례식을 좋아하려면 죽음을 좋아해야 하죠. 그리고 난 죽음을 어떻게 좋아할 수 있는지 모르겠어요. 아니, 멍청한 얘기네요. 내가 방금 말한 것 말이에요. 많은 사람들이 죽음을 좋아하죠. 사실, 잘 모르겠어요……."

그녀가 극도로 흥분한 채 말하더니, 이내 숨이 가쁜 듯 입을 다물었다. 바닥을 바라보았다. 볕에 그은 피부 너머로 피가 확 쏠리더니, 얼굴이 금세 잘 익은 바닷가재처럼 새빨개졌다. 알퐁진이 제르포에게 차가운 시선을 던졌다. 그녀가 일어서자 그 역시 예의 바르게 일어섰다. 그녀가 제르포에게 따귀를 세차게 한 대 날렸고, 이내 한 대 더 날렸다. 제르포는 그녀의 손목을 붙잡지 않았다. 얼굴을 팔로 가리면서 벽 쪽으로 물러섰다. 제르포가 말했다.

"죄송합니다, 정말 죄송해요. (그가 킥킥거리며 웃었다.

그의 등이 벽에 부딪혔다.) 여기서 여덟 달, 아니 열 달을 지내는 동안 성적(性的) 정체 상태로 겨울을 보냈습니다. 그래서 그랬던 거예요. 제가 무슨 얘길 하는 건지 아시죠?"(그가 웅얼거렸다. 그 이상 분명하게 말하려고 시도조차 하지 않았다.)

"하지만 난 아니라고요! (그녀가 소리쳤다. 발로 바닥을 쾅 구르더니, 제르포의 정강이를 힘껏 걷어찼다.) 난, 난 아니라고! 소렐 씨, 당신이 그렇게 속물처럼 얘기하는 '성적 정체 상태'로 지난겨울을 보내지 않았단 말이야!"

그때 두 사람은 집 앞에 카프리가 주차되는 소리를 들었다. 알퐁진이 제르포에게 등을 돌려 문으로 향했다. 본인의 머리에 충격을 좀 주려는 듯, 발꿈치로 나무 바닥을 쾅쾅 굴러가며. 제르포는 벽에 등을 기댄 채 몸의 긴장을 풀었다. 그러고는 숨을 깊이, 하지만 지나치지는 않을 정도로 들이마시는 데 집중했다.

알퐁진의 애인 막스가 들어왔다. 그 역시 발을 쾅쾅 굴렀지만, 본인의 몸을 데우기 위해서였다. 알퐁진이 평온하고 듣기 좋은 목소리로 말했다.

"오늘 밤 소렐 씨도 이곳에 묵고 가실 거야. 추가로 정보를 더 알려주신댔어."

"아, 그래, 그래. (사내가 말했다. 삼십대 중반에 검은 머리, 초록색 눈, 역삼각형으로 떡 벌어진 상반신이 근사한 잘생긴 남자였다. 이런 부류의 남자에게 어떤 일들은 좀 더 쉽기 마련이다. 체크무늬 모직 바지와 하얀 스웨터, 그 위에는 멋스럽게 때가 탄 7부 소매의 스웨이드 코트를 입고 있었다.) 저 아래에 썩 나빠 보이지 않는 식당이 하나 있던데. 난 네가 왜 여기서 굳이 요리해 먹길 바라는지 정말로 이해가 안 돼."

"여기가 어떤 곳인지를 알아보려면 직접 살아봐야 해. 제대로 말이야. 뭐, 말이 그렇다고."

알퐁진이 그렇게 말하더니 막스의 입술에 키스한 뒤 그에게 도발적으로 몸을 비볐다. 이후 그녀는 수많은 순종의 증거를 보여주었고, 직접 요리를 했다. 제르포는 그저 이곳에는 버너가 없으며, 배수는 어떻게 이루어지는지 따위를 간략히 설명했을 따름이다. 그녀는 두 남자가 아궁이에 불을 지피고 식탁을 차리는 정도의 일만 하게 했다.

세 사람은 저녁 식사를 하며 한담을 나누었다. 알퐁진은 이 집을 팔지 않고 상당 수준의 개축을 하기로 마음먹었다고 말했다. 애인이 열광적으로 동의했다.

"그래, 그래. 꽤 근사한 피난처가 될 거야. 온 세상으로부터 단절된 장소잖아."

"자기도 참."

그녀가 흰 스웨터를 입은 그의 어깨에 머리를 비벼대고, 애인의 팔꿈치를 손으로 쓰다듬으며 말했다.

　커플의 맞은편에 앉아 자기 잔에 코를 박고 있던 제르포의 시선이 여인과 마주쳤다. 여인의 눈빛은 이 상황에 어울리지 않았는데, 타오르듯 뜨겁게 빛났으며 약간의 광기마저 도는 듯했다.

　하지만 얼마간 시일이 지나고 나서 알퐁진과 제르포는 서로 달려들듯이 관계를 맺었다. 하지만 일단 그날 밤은 모두 이 집에서 보냈다. 제르포는 홀로 자기 방에서 잠을 설쳤고, 커플은 노인의 방에서 잤다. 다음 날 아침 알퐁진은 제르포에게 이 집의 경비로 일하라고 명령조로 요구했다. 자신은 파리로 되돌아가 건축가를 구하고, 지역 건축 업체와 장인들이 진행할 개축 계획의 인가를 받고 오겠다며. 개축은 여름이면 끝날 것이고 그때까지 제르포가 그들의 일을 감독해주었으면 좋겠다, 급료는 당연히 주겠다고 했다. 그녀는 제르포가 돈을 거절할 것이라고 생각했지만, 그는 받아들였다. 그리고 바로 그날, 알퐁진은 애인 막스와 함께 떠났다가 여름이 되기 전에 돌아왔다. 혼자서. 제르포는 여전히 이곳에서 별다른 걱정거리 없이 경비 노릇을 하고 있었다. 하지만 커플이 떠났던 그날 저녁, 그는 커플이 놓고 간 전날 자 〈프랑스 수아르〉 신문으로 불을 붙였다. 그리고 아주 우연히도, 공기가 잘 통하도록 신문을 둥그렇게 말다가, 그의 시선이 아주 짧은—펑크 기사를 대체하는 용도의—기사의 제목에 머물렀다. **지난여름의 대량 학살 사건 이후 실종된 파리 출신 기업 임원 제르포 사건에 새로운 빛이 드리울지도 모른다.** 꽤 짧은 기사치고는 꽤 긴 제목이었다.

18

"당신, 짭새는 아니지?"

부랑자가 말했다. 그러자 검고 구불구불한 머리, 예쁜 파란색 눈의 카를로라는 젊은 남자가 대답했다.

"기자야. 재미난 얘길 해주면 후하게 쳐주지."

"이미 헌병들에게 전부 다 불었어. 그리고 파리에서 왔다는 경찰에게도 똑같이 되풀이했다고. 그자들에게 물어보면 되잖나."

부랑자는 일그러진 입술 사이로 샛노란 뻐드렁니를 드러내 보였고, 시종일관 비웃는 기색이었다. 거북스러운 듯 몸을 뒤척이며 입술을 핥더니, 지저분한 머리에 얹힌 지저분한 중산모를 기계적으로 고쳐 썼다. 그는 망치가 없다는 사실이 못내 아쉬웠다. 검은 머리의 젊은 남자가 남색 레인코트 주머니에서 지갑을 꺼내더니 그 안에서 50프랑짜리 지폐 한 장을 꺼냈다. 부랑자의 눈앞에서 흔들어 보이며, 지폐를 세 손가락으로 담배처럼 돌돌 말았다. 부랑자는 건성으로 지폐를 붙잡으려 했다가, 이내 고개를 저었다.

"이봐, 보라니까."

카를로가 불평하는 어조로 말했다. (한 발 앞으로 나아가 부랑자의 중산모를 들어 올리더니, 돌돌 만 지폐를 모자와 머리카락 사이에 끼워 넣었다. 덕분에 50프랑짜리 지폐가 부랑자의 이마에 딱 붙어버렸다.)

"헌병들에게 얘기했던 것처럼……."

부랑자가 말을 시작했다가 문득 멈췄고, 카를로를 불안한 기색으로 바라보았다. 하지만 카를로는 다음 말을 기다렸고, 두 사람은 밤이 깊어가는 가운데 이 드넓은 옥수수밭 근처에 단둘뿐이었다. 카를로의 푸조 504가 시골길 가장자리에 자리해 있었고, 2~3킬로미터가량 떨어진 숲 사이로 종루 하나가 보일 뿐이었으며, 도움을 요청할 만한 인가는 전혀 보이지 않았다. 부랑자는 말을 이어나가는 것 말고는 무엇을 해야 할지를 몰랐다. 그래서 말을 이어나갔다.

"헌병들에게 얘기했던 것처럼, 난 제르포 씨의 수표책을 바닥에서 주웠어. 리옹 역에서. 파리의 리옹 역이 아니라, 리옹에 있는 페라슈 역에서 말이야. 아마 여섯 달, 아니 어쩌면 여덟 달도 더 전일 거야. 이걸 가지고 있었던 건, 혹시라도 BNP 은행에다 가져다줄까 싶어서 말이지. BNP의 수표책이니까 작은 보상을 받을 수 있을까 싶어서. 아니면 언젠가 내가 직접 사용할 수도 있는 일이고 말이야. 그건 부정하지 않겠어. 하지만 의도를 가졌다고 죄가 되는 건 아니잖아. (부랑자의 얼굴에 계속 떠올라 있던 비죽거리는 웃음기가 한층 더 짙어졌다. 어쩌면 두려운 나머지 미소를 짓는 것일지도 몰랐다.) 하지만 그런 적은 단 한 번도 없어. 그냥 수표책을 갖고 있었던 것뿐이야, 그게 다라고. 그 밖엔 아무 것도 몰라. 지금 당장이라도, 돌아가신 어머니의 머리에 대고 맹세하지."

부랑자는 입을 다물었고 제 이마 위의 지폐에 시선을 고정하는 바람에 사팔눈이 되었다. 지폐를 건드리려는 손짓조차 하지 않았다.

"줄줄 읊어대는군."

카를로가 말했다.

"그럴 수밖에, 놈들이 계속 같은 얘길 되풀이하도록 했는 걸. 헌병대와 파리의 경찰 말이야. 놈들이 날 팼다고, 기자 양반. 기자라면 그런 데 관심 있을지도 모르겠군. 놈들은 날 쇠자 위에 앉혀서 무릎 꿇렸다고. 며칠간 밤낮으로 두꺼운 전화번호부로 계속해서 머릴 때려댔고. 거기에 부랑죄로 한 달간 구금됐어. 유치장에선 엄청 괴롭힘당했지. 내가 다른 얘길 하게 하려고 말이야. 하지만 다른 얘길 할 수는 없다고, 왜냐면 이게 바로 진실이거든."

"기회를 한 번 더 주지."

카를로가 진력난 어조로 말하자 부랑자가 말을 받았다.

"앉아도 되겠나? 피곤하군."

카를로가 어깨를 으쓱했다. 부랑자가 무릎을 굽히며 양반다리 자세로 천천히 앉았다. 그는 유치장에서 나올 때 망치를 돌려받지 못했는데, 놈들은 그걸 압수할 권리가 없었다. 그의 망치는 일종의 사업 도구나 마찬가지였다. 몸통 전체가 금속으로 된 이 망치는 손잡이 부분을 돌려서 열 수 있었고, 그 안에는 드라이버의 금속 부분, 코르크 마개 뽑이, 송곳 따위의 부속이 들어 있었다. 하지만 망치를 돌려받지 못했고, 그걸 누구에게 항의하겠는가? 몸을 제대로 가누려는 듯 부랑자가 오른손으로 바닥을 더듬더니, 꽤나 무거운 돌덩이를 쥐었다. 그가 손을 뻗어 카를로의 무릎을 강타하려 했다. 하지만 카를로는 재빨리 옆으로 한 발 물러서더니, 부랑자의 팔을 공중에서 붙잡아 살짝 비틀며 뒤로 잡아당겼다. 딸각 하는 소리가 나며 부랑자의 어깨가 빠졌다. 카를로가 말했다.

"병신 새끼."

"살려줘!"

카를로가 부랑자의 배를 발로 걷어찼다. 부랑자가 소리조차 지르지 못하면서 몸을 납작 웅크렸다. 카를로는 왼손으로 중산모를 쳐서 날린 뒤 부랑자의 머리채를 잡았다. 남자의 머리를 뒤로 한껏 젖혀서 마구 흔들었다. 50프랑짜리 지폐가 풀과 먼지와 조약돌 위로 떨어져 내렸다. 오른손으로는 레인코트 주머니에서 스위스제 나이프를 꺼냈다. 카를로가 부랑자의 머리채를 쥐어짜며 말했다.

"이것 좀 봐봐."

카를로가 그의 옆구리에 칼을 박아 넣은 순간, 부랑자가 생쥐처럼 새된 신음을 내뱉었다. 자신의 몸속에서 쇠붙이가 한 바퀴 회전하고서 빠져나가는 것이 느껴졌다. 피가 흥건히 흘러내렸다. 카를로가 말했다.

"봤지, 난 일개 짭새 따위가 아냐. 난 정말로 난폭하거든. 그러니 이제는 진실을 말하는 게 어때."

부랑자는 자신이 어떻게 조르주 제르포의 수표책을 손에 넣었는지 사실대로 털어놓았다. 그가 헌병들에게 했던 얘기나 신문에 실린 얘기와는 완전히 딴판이었다. (카를로는 지갑에 〈프랑스 수아르〉에 실렸던 '지난여름의 대량 학살 사건 이후……'라는 제목의 짤막한 기사를 넣어두고 있었다.) 카를로는 그 말이 전부 진실이라고 확신했다. 이윽고 부랑자를 옥수수밭 한가운데까지 끌고 가서 커다란 돌로 그의 머리를 깨부쉈다. 그의 몸을 모두 털어본 뒤(전리품: 13프랑 72상팀) 뒤꿈치가 다 닳은 구두를 챙겼다. 강도 살인이라고 믿을지도 모를 일이니까. 어쨌든 그런 것은 그다지 중요치 않았다. 푸조로 되돌아가는 길에, 카를로는 바닥에 떨어진 50프랑짜리 지폐를 챙기는 것을 잊지 않았다.

19

그렇다. 알퐁진 라귀즈는 여름이 되기 한참 전에 돌아왔다. 정확히 말하자면 5월 1일에. 하지만 기상학적으로 보자면, 이번 5월 1일은 지난 10년간 가장 불쾌했던 5월 1일 중 하나였다. 프랑스 전역 4분의 3에 비가 내렸고, 대서양의 폭풍우로 인해 해안가에서부터 지롱드 하구까지, 예컨대 생조르주드디돈에도 강한 파도가 일었다. 그리고 센강 계곡에 진짜 태풍이 들이닥쳐서 마니앙벡생 지방, 더 멀리로는 파리, 더 가까이로는 마니앙벡생에서 30킬로미터 떨어진 작은 마을 빌뇌유의 지붕들이 날아갈 정도였다.

태풍은 알론소 에메리크 이 에메리크에게 근심을 안겨주었다. 그는 이런 근심을 바스티앵에게도, 카를로에게도 털어놓질 못했다. 과거에는 그들에게 자신이 근심하는 바를 드러낸 적이 있었으나, 좀 다른 차원의 근심이었다. 게다가 알론소는 제르포 건이 완전히 실패로 돌아간 이후 두 살인 청부업자와 지난 몇 달간 계속 연락이 닿지 않았다. 더욱이 바스티앵은 죽었다. 설상가상으로 카를로가 어떻게 되었는지, 어디 있는지조차 전혀 알 수 없었다.

카를로는 빌뇌유로부터 수백 킬로미터 떨어진 샹베리의 호텔 객실에 머무는 중이었다. 치킨 샌드위치와 독일 맥주 네 병을 객실로 주문했다. TV는 켜놓았지만 음 소거 상태였다. 카를로는 TV가 딸린 호텔 객실 경비는 얼마든 충당할 수 있었는데, 바스티앵이 죽은 후 계약을 여러 건 맺었기 때문이다. 이제는 바스티앵과 함께가 아니라 혼자 일하는 데에 익숙해졌다. 새로운 파트너를 구할 생각은 하지 않았다. 그렇지만, 바스티앵의 애도를 그만두었다 해서 복수를 포기한 것은 아니었다. 지금 이 순간 아르망 자모*의 방송이 흘러나오는 TV 화면을 그는 전혀 보고 있지 않았다. 카를로는 알프스산맥을 왕래하는 화물열차의 시간표와 노선도에 관해 손수 메모한 내용을 살펴보는 중이었다. 그리고 샹베리, 액스레뱅, 안시, 샤모니, 발디제르, 브리앙송, 그르노블을 꼭짓점으로 하는 다각형의 영토를 포함하는, 1:25000 축척의 국립지리원 지도를 들여다보았다. 오랜 시간이 걸리는 작업이었다. 카를로는 그러는 동시에 벽에 기대거나 탁자에 매달린 자세로 등척 근육운동을 끝마쳤다. 가방 보관대에 놓인 철제 캐리어에는 여벌 옷과 스미스앤웨슨 45구경 리볼버, 나이프 세 자루, 칼 가는 쇠줄, 교살 도

* 프랑스의 유명 TV 프로듀서.

구, 곤봉 외 기타 물건들이 들어 있었다. 카를로의 세면도구
는 욕실에 있었고 머리맡 탁자에는 잭 윌리엄슨의 프랑스
어 번역판 과학소설을 올려놓았다. M6 소총과 쌍안경이 든
천 가방은 벽 아래 바닥에 떨어져 있었다.

카를로가 치킨 샌드위치를 한 입 베어 물었을 때, 알퐁
진 라귀즈는 이미 몇 시간 전에 할아버지 집에 와 있던
참이었다. 작은 계곡에 한 치 앞도 보이지 않는 안개가
내려앉았다. 태풍은 이곳을 피해 갔다. 지면에 두꺼운 탈
지면이 내려앉은 듯, 고정된 대기 속에 안개가 사뿐히 걸
려 있었다.

알퐁진과 제르포는 거의 한순간도 쉬지 않고 즐거운 시
간을 보냈다. 두 사람은 궁합이 아주 잘 맞았다. 그들은 섹
스를 아주 기쁘게 끝마쳤고 이 경험을 최대한 자주 되풀이
하고자 했다. 매 순간 서로 손을 깍지 낀 채 어깨나 머리카
락을 쓰다듬었으며, 상대의 관자놀이나 팔뚝 안쪽에 입을
맞추었다. 두 사람의 눈동자가 반짝였고, 몸에서는 땀 냄새
와 또 다른 액체들의 냄새가 났다. 둘은 시시때때로 킥킥거
렸다.

제르포는 상반신을 탈의하고 발은 맨발인 채, 너무 짧은
면 반바지 하나만 달랑 걸친 모습으로 거실 탁자 앞에 앉아
있었다. 눈앞의 탁자에는 기다란 안테나를 기울여놓은 휴

대용 ITT 라디오와 재떨이 역할을 하는 디저트용 접시가 하나 놓여 있었다. 제르포는 지탄필터를 한 개비 피웠다. 라디오에서는 프랑스 뮤직 채널의 재즈곡이, 조니 과니에리의 피아노 솔로가 흘러나왔다. 처음 이곳을 방문하고 얼마 되지 않아 알퐁진은 제르포에게 한 달 치 임금을 송금했다. 제르포는 돈을 받자마자 라디오와 바지, 지탄필터, 그리고 아주 작은 플라스틱 체스 판을 샀다. 체스 판은 지금 방바닥에 놓여 있었고 그 위에서는 1965년도 소련 체스 챔피언십에서 예브게니 바슈코프와 레프 폴루가옙스키가 벌였던 게임의 형국이 재현돼 있었다(32수를 둔 후 백의 기권으로 끝났다).

알퐁진이 아일오브주라 위스키병을 따면서 말했다.

"조르주라니, 무슨 이름이 그렇게 끔찍해!"

"모두가 알퐁진 같은 이름을 가질 순 없는 법이지. **날 조조라 불러다오***."

"네, 그럼요, 조조. 아주 좋네, 완벽해. 조조. 자기 그거 알아? 나, 파리로 돌아가면서 전 남친을 찼어. 그러고선 곧바로 여기로 돌아오고 싶었지. 나 진짜 못된 년 맞지? (제르포가 대답하지 않자 그녀가 말을 이어나갔다.) 곧바로 오고

***

*   《모비 딕》의 첫 문장 '날 이스마엘이라 불러다오'의 패러디.

싫었지만 꼭 할 일이 있었어. 게다가 생각도 좀 해보고 싶
었고. (그녀가 킥킥댔다.) 아니, 진짜야. 돌아올 거라는 건
알고 있었지만, 좀 천천히, 우아하게 돌아오고 싶었다고. 근
데 수염은 왜 밀었어? 남성미를 풀풀 풍기는 턱수염을 왜
밀어버린 거야? 당신, 로버트 레드퍼드랑 좀 닮은 거 알아?"

"우웩."

제르포가 중얼거렸다. (사실, 그는 로버트 레드퍼드와 좀
닮기는 했다. 하지만 수많은 남자들처럼 그는 로버트 레드
퍼드를 좋아하지 않았다.)

"글쎄, 모르겠군. 난 에드몽 아부의 소설에 나오는 의적
나부랭이처럼 보이는 데 신물이 났어. 근데 할 일이라니 뭘
말하는 거야? 사업에 몸담고 있나? 자기는 돈이 좀 있는 것
같은데."

알퐁진이 등받이가 없는 야트막한 의자를 탁자 근처로
끌고 와 그 위에 앉았다. 이 빠진 잔 두 개에다 위스키를 따
른 뒤, 탁자에 두 팔을 포개고는 턱을 얹었다. 알퐁진은 부
츠와 스웨이드 바지만 걸친 모습이었다. 상반신에는 아무
것도 걸치지 않았다. 벽난로에서 불이 엄청난 기세로 이글
거렸기에 춥지는 않았다. 알퐁진의 머리카락이 땀에 젖어
목덜미에 착 달라붙어 있었다. 라디오에서는 조니 과니에
리의 곡이 끝나고 어떤 온화한 남자 목소리가 구조주의적,

좌파적 경향의 헛소리를 읊어댔다. 그러더니 덱스터 고든과 워델 그레이의 협연*이 흘러나왔다. 그러자 제르포가 공연히 라디오를 손가락으로 가리키며 말했다.

"워델 그레이! 이 테너색소폰 말고, 다른 쪽 말이야. 이자는 어느 공터에서 총에 맞아 죽은 채 발견됐어. 그리고 앨버트 에일러, 에일러는 이스트리버에서 시신이 발견됐지. 리 모건은 또 어떻고, 자기 정부의 손에 죽었잖아. 봐봐, 이런 일들이 정말 일어난다니까! 실제로 일어났다고!"

알퐁진이 대수롭지 않게 말했다.

"난 열아홉 살에 어느 외과 의사랑 결혼했어. 나한테 홀딱 반해 있던 멍청이였는데, 공동재산제로 결혼했지. 우린 5년 만에 이혼했고 난 그놈에게서 돈을 긁어낼 수 있는 만큼 긁어냈어. 대체 그 '이런 일들이 정말 일어난다니까'라는 말은 왜 하는 거야? 그놈의 살인자 얘길 다시 꺼내려는 건 아니지?"

제르포가 고개를 저었다. 멍하고 무기력한 표정이었다. 얼굴에서 웃음기가 싹 사라졌다. 그가 위스키병으로 시선을 돌리며 말했다.

"이 주라섬 말이야, 스코틀랜드의 헤브리디스제도에 있

---

*　두 사람 다 1940년대를 풍미한 전설적인 재즈색소폰 연주자.

어. 조지 오웰이 그곳에 작은 농장을 하나 갖고 있었지. 그 섬에서 삶을 꾸리고 싶어 했지만 얼마 지나지 않아 결핵으로 죽었고 말이야."

"당신, 되게 쾌활한 성격이구나. 참 재미있단 말이야. 근데 그 조지 오웰이란 건 누구야?"

제르포는 질문에 답하지 않았다. 잔에 담겨 있던 아일오 브주라 위스키를 남김없이 쭉 들이켠 뒤 말했다.

"조만간 결정을 내려야 할 것 같아."

하지만 무슨 결정을 내려야 하는지는 말하지 않았다.

"아직 시간이 좀 있어. 적어도 안개가 걷힐 때까지는 말이야. 그럼 한 번 더 할까?"

두 사람은 가서 사랑을 나눴다. 안개는 걷히지 않았다. 사흘간 걷히지 않았다. 사흘째 저녁, 푸조 504가 안개등을 켠 채 마을 안으로 천천히 들어섰다. 자동차는 잡화점 겸 카페 맞은편에 있는 교회 앞에 가서 멈췄다.

라귀즈의 집에서 알퐁진과 제르포는 식탁 앞에 앉아 있었다. 알퐁진은 타월 같은 재질의 흰색 목욕 가운과 장딴지 중간까지 올라오는 기다란 털양말 차림이었다. 제르포는 갈색 코듀로이 바지와 체크무늬 양모 셔츠를 입고 있었다. 두 사람 모두에게서 청결한 향, 향긋한 비누 냄새가 풍겼다. 두 사람은 버터를 바른 빵 조각을 먹고 샴페인을 마셨다.

라디오에서는 어느 흑인 여성의 노래가 흘러나왔다. "모두가 단잠에 빠져 있는 이 이른 시각, 당신은 침대에서 일어나 그 사람을 떠올리죠, 그 마음을 어떻게 할 수가 없어요"라고 여인은 노래했다. 밤이 되었고 창문 너머로 짙게 깔린 안개가 보였다.

교회 앞에 멈춘 푸조 504 안에서, 카를로는 실내등을 켠 뒤 지도를 살펴보았다. 그러고는 지명 목록에 표시했다. 그는 제르포가 열차에서 추락했을 수 있는 장소 주변의 모든 주거 지역을 목록으로 작성했다. 가능성은 아주 다양했는데, 부랑자가 그다지 정확하게 유추하질 못했기 때문이다. 가장 그럴싸한 지역의 목록에는 도합 마흔한 개의 지명이 실렸다. 그보다 가능성은 낮지만 그래도 여전히 제르포가 도착했을 수도 있는 지역의 목록에는 일흔세 개의 지명이 실렸다. 세 번째 목록도 있었다. 카를로는 48시간 전부터 알프스산맥을 주파했다. 지금 그가 와 있는 마을의 이름은 첫 번째 목록에 스물세 번째로 실려 있었다.

카를로는 목록과 지도를 정리한 후, 실내등을 끄고 차에서 나왔다. 진흙투성이 길을 건넌 뒤, 잡화점 겸 카페에 들어갔다. 가게 안에는 지린내가 나는 검은 옷차림의 노파 세 명과 가게 주인으로 보이는, 멜빵을 한 뚱뚱한 사내가 있었다. 카를로가 커피를 시키자 주인이 커피 잔과 커피 주전자를, 그리고 커피 얼룩이 묻은 설탕을 크리스털 느낌의 플라스틱 통에 담아서 내왔다. 카를로는 아스피린도 주문했다. 그러면서 거즈 천과 반창고로 감싸놓은 왼손의 검지를 내보였다.

"손가락이 쿡쿡 쑤시네요."

그러자 노파 하나가 외쳤다.

"그 위에다 소변을 보게! 소변을 보고선 해가 질 때까지 씻지 않는 거야."

카를로가 희미하게 미소를 지었다.

"그보다는…… 저기, 이 근처에는 병원이 없나요?" (지난 48시간 이래 그는 이 질문을 스물세 번째로 던지는 것이었다.)

"없다마다, 병원에 가려면 다시 내려가야지. (가게 주인이 카를로의 얼굴을 뚫어지도록 쳐다보았다.) 더군다나 여기서부턴 내려갈 수밖에 없수다. 길이 이 위로는 더 이상 올라가지 않으니."

카를로가 말했다.

"그럼, 이곳 분들은 다치거나 몸이 좀 안 좋거나 할 때 저지대로 내려가시는 거군요. 여기엔 봐줄 만한 분이 안 계신가요? 그러니까 제 말은……."

아까 끼어들었던 노파가 또다시 외쳤다.

"없긴 왜 없어, 라귀즈 하사가 있지. 사실 그이도 나만큼이나 하사는 아니지만⋯⋯. 어쨌든 그이는 죽었다오."

카를로는 10여 분간 한담을 계속 나누었다. 바라던 것을 모두 알아냈다. 그는 아스피린을 줘서 감사하다고 말한 뒤, 세 노파와 가게 주인에게 한턱 낸 럼주 네 병과 자신이 마신 커피의 값을 계산하고는 가게에서 나왔다. 거리에서 잠시 꼼짝 않고 서 있었다. 한 치 앞도 보이지 않는 안개 너머로, 그는 빛을 잡아내려 애썼다. 어쩌면 이곳에서 겨우 500미터도 떨어지지 않은 라귀즈가(家)의 불빛까지 잡아낼지도 모를 일이었다. 하지만 그럴 가망은 없었다. 겨우 4미터 앞에 있는 푸조 504도 분간하지 못하는 지경이었으니까.

이제 카를로는 그놈의 빌어먹을 조르주 제르포를 상대할 때 일말의 빈틈도 없이 처신하기로 마음먹었다. 다시 차에 올라탄 그는 안개등으로 새하얀 허공 속을 천천히 더듬어가며, 저지대로 신중하게 향하며 마을을 떠났다.

생장에 다다른 그는 문을 연 호텔을 찾아내 방을 잡았다. 객실에서 검지의 반창고를 뜯어내자 상처 하나 없이 멀쩡한 손가락이 나왔다. 객실로 올라가면서 그는 캐리어와 천 가방을 챙겨 갔다. 그것들을 모두 침대에 올려놓고는 가방을 열어 내일 입을 옷가지를 꺼냈다. 면바지, 체크무늬 셔츠, 헐렁한 목 폴라 스웨터, 부츠까지. 그 후 몸을 씻고는 무기에 정성스레 기름칠을 했다. 1:25000 축척의 지도를 한참 동안 살펴본 후 잠자리에 들었다. 내일 새벽 5시 30분에 깨워달라고 프런트에 요청해놓은 참이었다.

20

제르포가 말했다.

"난 자유인이야. 얼마든지 마음대로 살 수 있다고. 제발, 내가 무슨 말을 하는 건지 알고 있다니까."

"술 좀 그만 마셔." (알퐁진은 화난 기색이 아니었다. 웃고 있었다.)

"난 자유인이라고."

제르포가 되풀이하고는 블랙커피에 술을 더 부은 뒤 잔의 내용물을 전부 들이켰다.

"난 내가 바라는 일만 해. 당신을 데리고 멸종 위기 동물이라도 잡으러 가길 바라는 거야?"

그는 침대에서 일어나 바지를 대충 꿰입었다. 기분이 꽤 좋아 보였다. 제르포가 알퐁진에게 말했다.

"난 당신을 사랑하지 않아. 사랑하지 않는다고. 당신은 무척 아름답지만 평범하기 그지없는 사람이야. 그리고 정말 매혹적이지."

"완전 취했구나. 정말로 나가려고? (알퐁진이 샐쭉하게 말했다.) 그러면 좀 술이 깰지도 모르겠네."

두 사람이 집에서 나왔을 때, 살인자는 뺨의 근육이 경련

한 것 외에는 상황을 주시하며 미동조차 하지 않았다. 그가 있는 곳에서 라귀즈의 집까지는 직선거리로 700미터, 고저 차이 250미터. 카를로는 야트막한 관목 덤불 사이에 엎드린 채 쌍안경으로 라귀즈를 관찰 중이었다. 옆에는 천 가방이 반쯤 열린 채 놓여 있었다. 카를로는 현금을 지불하고서 6시에 호텔을 떠났다. 차를 달려 근처 계곡을 통과해 가까운 협로에 다다랐다. 그때부터 오솔길로 6킬로미터를 걸어서 주파한 뒤 7시 30분에 작전 지점에 도달했다. 자동권총, 소음기, M6 소총을 소지 중이었다. 카를로는 소총을 들어 올려 조준기를 조정했다. 그리고 기다렸다. 시각은 12시 15분. 제르포와 여인이 서로 어깨로 밀어대며 웃고 떠드는 모습이 시야에 들어왔다. 제르포가 멜빵에 무기를 차고 있었다. 카를로는 고성능 쌍안경으로 무기를 살펴보았다. 근사한 무기로 보였다. 마우저-바우어나 웨더비, 어쩌면 배우 존 웨인이 들었던 오메가 3일지도. 그렇지만 노리쇠의 생김새가 달랐다.

커플이 오솔길을 따라 카를로를 향해 곧바로 올라왔다. 이대로 길을 따라온다면 두 사람은 2~3분 안에 왼쪽으로 접어들어 잠시 후에는 카를로에게 최적의 사격 거리인 300미터 이내로 들어오게 된다. 왼쪽으로 빠지지 않고 초원으로 쭉 올라간다면, 권총으로 저들을 아주 조용히 처치할 수도 있다. 신고하지 못하도록 여자도 함께 죽여야 했다. 카를로는 둘 중 하나 혹은 둘 다 나오길 기다렸다가, 자신이 집 안에 들어가 그들을 기다릴 작정이었다. 하지만 이렇게 먹잇감들이 제 발로 와주고 있으니, 일이 훨씬 더 쉽게 풀리는 셈이었다.

3분 뒤, 제르포와 알퐁진은 길을 따라 왼쪽으로 접어들었다. 잠시 후에는 살인자로부터 260미터 앞, 그와 같은 고도에 있게 되었다. 알퐁진이 제르포 앞에서 살짝 발을 헛디디더니 왼쪽으로 떨어졌다. 제르포가 그녀의 머리에 두 손을 얹어 손가락을 머리칼 사이로 넣어 쓸었다. 그러면서 웃음을 터뜨렸고, 그녀의 엉덩이가 자신에게 와닿는 것을 느끼며 그녀의 몸에 자기 몸을 비벼댔다. 그가 유쾌하게 말했다.

"당신도 알지, 내가 멍청이에 촌놈이라는 거. 이런 산을 돌아다닐 생각을 하다니 정신이 나갔지. 난 산이라면 이제 신물이 나. 우린 한가로이 주말이나 보내러 여기 온 게 아니잖아, 우리는 그 뭐냐, 음⋯⋯."

그 순간, 알퐁진의 오른쪽 상반신이 찢겨져 나갔다. 말발굽에 차이기라도 한 듯 몸이 옆으로 날아갔다. 그녀의 등에서 으스러진 뼛조각, 너덜너덜한 살점, 파열된 기관지의 일부, 사방으로 뿜어져 나오는 피, 압축된 공기가— 그리고 덤덤탄이 몸을 관통하며 폭발적으로 튕겨 나왔다. 제르포의 두 손은 여전히 허공을 맴도는 중이었고, 자신의 손아귀에서 알퐁진의 검은 머리칼이 사라졌다는 사실에 아연실색했다. 오른쪽 어딘가에서 총성이 들린 순간, 알퐁진의 어깨가 바닥을 강타했다. 제르포는 앞으로 철퍽 쓰러졌고, 그 순간 공기를 가르는 소리가, 이내 두 번째 총성이 들려왔다. 충격과 혐오감에 반쯤 정신이 나간 상태로, 제르포는 얼굴 옆면을 바닥에 딱 붙인 채 멜빵에서 소총을 풀기 시작했다. 움직이지 않는 알퐁진에게로 몸을 돌렸다. 그녀는 입을 벌린 채 고개를 진흙 속에 처박은 자세로 숨이 끊어져 있었다. 충격을 받아 심장이 급정지한 것이었다. 헤벌린 채 꼼짝없이 굳어버린 입을 바라보며 제르포는 입을 악다물었다. 세 번째 탄환이 등 뒤편의 땅을 강타하자 지면이 둥그렇게 파였다. 흙과 돌조각이 제르포의 등을 때렸다. 그때 세 번째 탄환이 완전히 으스러진 채 머리 위를 스쳐 날아갔다. 제르포는 마침내 웨더비를 다 풀어내 붕 돌린 뒤 거총했다. 웨더비의 조준경 안쪽에서 무언가가 반짝거렸고, 그는 방아쇠를 당겼다. 상대의 사격이 멈췄다.

제르포는 알퐁진에게로 몸을 돌렸고, 한동안 응시한 후에야 그녀가 죽었다는 사실을 깨달았다. 그러고 나서 자리에서 일어났다. 자신이 노렸던 관목 덤불을 향해 처음에는 천천히, 이내 맹렬하게 달려갔다. 1분여 만에 그는 덤불 사이에 숨어 사지를 떨고 있는 살인자를 발견했다. 제르포가 쏜 탄환에 맞아 M6의 접이식 개머리판이 사방으로 폭발했고, 탄환은 M6를 완전히 망가뜨린 다음 카를로의 넓적다리를 파고들어 그의 대퇴골을 부러뜨렸다. 카를로의 몸 왼편이 온통 피범벅이 되었고, 플라스틱 조각과 경합금 파편이 그곳의 살갗에, 옆구리에 수없이 박혔다. 카를로의 왼쪽 넓적다리 부분에는 구멍이 깔끔하니 뚫렸고 바지 천이 핏물로 끈적였다. 살인자가 오른손으로 베레타 자동권총을 휘둘러 제르포에게 발포했다. 하지만 빗나가고 말았다. 왼눈을 잃은 탓에 거리를 정확하게 가늠하지 못한 데다 쇼크 상태였던 것이다.

제르포는 멈춰 서서 남자를 쏴 죽일 생각조차 하지 못했다. 계속해서 점점 더 빨리 달렸고, 살인자는 계속 총을 쐈지만 네 번이나 빗나갔다. 결국 제르포가 살인자의 코앞에 다가와 그의 손을 개머리판으로 후려쳤고(덕분에 카를로는 권총을 놓치고 말았다) 머리를 한 대, 또다시 한 대 후려쳤다. 제르포가 외쳤다.

"이런 개자식! 이 썩어빠진, 빌어먹을 개자식! 찢어 죽여도 시원찮을 놈!"

그는 후려치길 멈추고는 카를로의 앞에 쭈그리고 앉았

다. 입을 벌린 카를로의 목구멍에서 쌕쌕거리는 숨소리가 올라왔고, 옆구리가 제멋대로 꿈틀거렸다. 멀쩡한 오른눈이 반쯤 감긴 채 옆으로 쓰러진 살인자를 바라보며 제르포는 이제 어떻게 하지? 하고 자문했다. 무슨 짓이든 다 해줘야 지, 놈의 목숨이 끊어질 때까지 고문하고 페니스를 잘라내 고 심장을 도려내주겠어, 흥분을 가라앉혀야 해, 하지만 그 렇게 진심으로 흥분한 건 아니야, 오히려 차갑기 그지없지, 마음속은 차갑기 그지없다고.

그러고 나자 제르포의 시야에 남자가 죽어 있는 광경이 들어왔다. 개머리판으로 때렸을 때 살인자의 두개골이 박 살 났던 것이다. 제르포는 한쪽 다리에서 다른 쪽 다리로 무게중심을 옮겨가며 시신에게 다가갔다. 사실 꽤나 차분 하고 냉철한 기분이었다. 집중하기는 어느 정도 어려웠지 만, 더는 자신이 해야만 하는 일에 망설이지 않았다. 누군가 자신을 죽이려는 시도를 시작한 이후로 최근 몇 달간 그래 왔던 것과는 달리. 그리고 그저 몇 달만이 아니라 좀 더 돌 이켜보면 기업 임원, 배우자, 아버지로서, 더 거슬러 올라 가면 대학생, 투쟁가, 누군가의 애인, 청소년으로서, 심지어 어린이였을 때조차 자신은 늘 망설여왔다.

제르포는 살인자의 시신을 뒤져 자동차 열쇠와 1944년 파리 태생의 파리 독퇴르네테 거리에 거주 중인 에드몽 브롱이라는 이름의 운전면허증을 찾아냈다. 카를로의 주머니에는 그 외에 아무것도 들어 있지 않았다.

제르포는 시신과 부서진 M6, 웨더비를 그대로 관목 덤불 사이에 놔두었다. 대신 베레타 자동권총을 챙겨 카를로의 천 가방에 집어넣은 뒤 가방을 멨다. 그런 뒤 알퐁진이 숨져 누워 있는 장소로 되돌아갔다. 그는 얼굴 한번 꼼짝하지 않은 채 알퐁진의 시신을 재빨리 뒤졌지만, 자동차 열쇠도, 그 밖에 쓸모 있을 만한 그 무엇도 찾아내지 못했다. 그의 두 손이 피로 더러워졌다. 알퐁진의 시신을 그 자리에 그냥 내버려두었다. 그는 집으로 내려갔다. 서둘렀다. 총성이 오가며 꽤나 큰 소음이 일었다. 하지만 아랫마을에서는 아무도 총성에 신경을 기울이지 않는 듯했다.

제르포가 집에 도착했다. 그러자 알퐁진의 핸드백이 곧바로 눈에 들어왔다. 그 안에서 포드 카프리의 차 열쇠와 증서, 1천 프랑이 좀 안 되는 돈을 챙겼다. 그는 도시에서 입을 법한 차림을 한 뒤 베레타 권총이 든 카를로의 천 가방을 멨다. 카프리를 타고 시동을 건 뒤 마을을 가로질러 저지대로, 이후 도시로, 파리로 향했다.

가는 동안에는 라디오를 틀고선 마음에 들 법한 곡을 여러 개 발견했다. 게리 버턴이나 스탠 게츠, 빌 에번스의 곡들을. 그러나 그 곡들은 마음에 들지 않았고, 제르포는 라디

오를 꼈다. 사실을 말하자면, 이제는 오래도록 음악을 즐기
지 못할 것 같았다.

21

그는 오세르에 늦게 도착했다. 조르주 가야르라는 이름
으로 호텔에 투숙하여 대충 배를 채운 뒤 잠깐 눈을 붙였
다. 라디오에서는 알프스산맥의 살인 사건 이야기가 일절
나오지 않았다. 제르포는 몇 시간만 더 카프리를 쓸 수 있
기를 바랐고, 실제로도 그는 전혀 막히지 않는 도로를 달
려 다음 날 점심시간에 파리에 도착했다. 차 문을 잠그지
않고 키를 꽂아둔 채 차를 팡탱*에 버렸다. 누군가에게 운
좋게 도난당해서 추적에 혼란을 빚길 바라면서. 그리고 실
제로 차는 잘 조직된 부랑자 일당에게 도난당한 듯했다.
그 어디에서도 포드 카프리 얘기가 흘러나오지 않았기 때
문이다.

제르포는 지하철을 타고 파리 동(東)역에서 환승하여 오
페라 역에 내렸다. 도시로 되돌아온 것이 무척이나 기뻤
다. 그 사실을 자각하지는 못했지만. 몸에 지닌 것이라고는
베레타 권총이 든 카를로의 천 가방과 옷가지가 전부였다.
한동안 그는 오페라 대로 동쪽에 거미줄처럼 펼쳐진 거리

---

* 파리의 북동쪽에 위치한 근교 마을.

를 신이 나 성큼성큼 걸어 다녔다. 시간에 쫓기는 직장인들, 기진맥진한 비서들, 투덜거리거나 성마르거나 유쾌한 기색의 서민들이 간이식당과 술집에 밀려들었고, 불안한 외환 전문가와 미국 대학생들이 담소를 나누었다. 제르포는 〈프랑스 수아르〉를 산 뒤 카운터 한구석에 자리를 잡고선 소시지와 감자튀김을 먹으며 신문을 대충 뒤적거렸다. 세상에서는 예전과 딱히 다를 바 없는 일들이 벌어졌지만, 무언가 희미한 진전이 있음을 포착할 수 있었다. 하지만 제르포는 그것이 무엇을 향한 진전인지는 알 수 없었다. 맥주를 다 마신 뒤 〈프랑스 수아르〉를 카운터에 올려놓고서는 〈르몽드〉 신문사 건물로 향했다. 대로 반대편에서는 제복 및 사복 차림의 경관들이 파업 피켓을 든 대열과 은행 입구에서 대치하고 있었다. 제르포는 1년 이내의 〈르몽드〉 지난 신문을 어디서 볼 수 있는지 물어보았다. 대답을 듣고 장소를 안내받은 그는 그곳에 자리 잡고서 신문을 넘겨보다가 찾아냈다. 작년에 무종이라는 남자가 트루아의 어느 병원에서 신원 미상의 인물에게 옮겨진 이후 의식을 회복하지 못한 채 그대로 숨졌다. 무종은 파리에서 법률고문으로 일했고 나이는 46세였다. 교통사고가 아니라 9mm 구경의 탄환 네 발에 맞아 생긴 총상으로 사망했다. 제르포는 놀라지 않았다.

파리 시 전화번호부(알파벳순으로 나열돼 있었다)에는 무종이 아홉 명이 있었고, 그중 하나는 선풍기 제조업자였으며 단 한 명의 무종만이 법률고문(직업순으로도 나열돼 있었다)이었다. 제르포는 법률사무소(무종 & 오당 법률사무소)의 회사 번호를 적어놓은 뒤, 잠시 고민한 끝에 나머지 아홉 개 번호도 같이 적었다. 그러고는 우체국 안을 가로질러 공중전화 부스 앞에 가서 줄을 섰다. 무종의 법률사무소 번호를 누르자 "지금 거신 번호는 없는 번호입니다"라고 녹음된 메시지가 흘러나왔다. 그는 선풍기 제조업자의 번호를 제외한 나머지 번호들로 다시 걸어보았다.

"여보세요?"

여자 목소리가 흘러나오자, 제르포는 버튼을 눌러 전화를 연결했다.

"무종 씨 계신가요?"

"잠깐 기다리세요. 누구시라고 전해드릴까요?"

제르포는 전화를 끊었다. 다음 번호로 걸었다. 똑같은 반응. 세 번째 번호로 걸었다. 통화 중. 네 번째 번호.

"여보세요?"

"무종 씨 계신가요?"

"무종 씨는 돌아가셨어요. 실례지만 누구신지요?"

"죄송합니다, 잘못 걸었네요."

제르포는 전화를 끊은 뒤 부스 안에서 잠시 미동도 하지 않고 있었다. 죽음을 생각하며, 탄환이 야기하는 끔찍스러운 해악을 떠올리며. 그때, 뚱뚱한 남자 하나가 열쇠 꾸러미를 가지고 공중전화 부스 유리문을 불쾌한 기색으로 두드렸다. 제르포가 부스에서 나왔고, 지나가며 한마디 던졌다.

"멍청한 뚱보 자식."

"뭐라고? 너 방금 뭐라고 했어!"

제르포는 이미 우체국에서 나온 뒤였다. 오페라 광장까지 걸어가 지하철 노선도를 살펴보았고, 지하철을 타고 앵발리드 역에서 환승해 페르네티 역에 도착해 바깥으로 나왔다. 겨우 오후 4시였고, 일은 일사천리로 진행됐다. 제르포는 방향을 정해 나아갔다. 자동차, 화물 트럭, 도로 공사차, 노점 트럭, 친절하고 수선스러운 사람들로 가득한 레몽로스랑 거리를 걸었다. 그는 자신이 찾던 번호를 발견한 뒤 무종이 살았던 건물로 올라갔다. 입주자 목록에는 적혀 있지 않았다. 제르포는 관리인에게 문의하고 싶은 마음이 없었다. 5층에 이르자 초인종 아래에 명함 하나가 압정으로 고정돼 있었다. **무종 – 가소비츠**. 제르포가 초인종을 눌렀다. 문이 열렸다.

"네."

베이지색 면바지와 캐나다의 벌목꾼이 입을 법한 체크무늬 셔츠 차림에 기름진 머리, 두터운 입술에 새파랗게 면도한 턱이 눈에 띄는 남자가 나왔다. 외관상으로 폴란드인이라기보다는, 로버트 미첨처럼 떡 벌어진 어깨에 역시 불룩하니 나온 배를 지닌 북아프리카 출신의 프랑스인으로 보였다.

"무종 부인을 뵙고 싶습니다."

"네?"

"그게 답니다."

남자는 어떻게 할지 곰곰이 고민해보더니, 제르포를 아래층으로 내던지려던 마음을 버린 듯했다. 여전히 이 미지의 방문객에게서 눈을 떼지 않은 채 고개를 돌려 어깨 너머로 외쳤다.

"엘리안!"

"왜?"

"당신을 찾는대."

누군가 움직이는 소리가 들렸다. 남자는 제르포에게 고개를 돌리며 부드럽게 한숨을 쉬었고, 4세제곱미터 넓이의 충계 위 공기 속으로 리카르 위스키의 향을 내뿜었다. 엘리안 무종이 아파트 입구에 나타났다. 남자가 문을 막고 있었기에 제르포는 그녀를 보려고 몸을 비틀어야 했다.

"무슨 일이시죠?"

여인은 피곤하고 초라한 기색에, 뭐 하나 특이한 데 없이 평범했다. 사십대 중반에 중간 키, 피부는 지저분하지만 꽤 예쁘장한 얼굴, 적당히 염색한 머리카락, 척 보아도 저질의 흑백 투피스, 레이온 소재의 크림색 블라우스, 도금한 사슬 목걸이와 팔찌. 메이크업이 굉장히 섬세하고 근사했다. 심 미안에 집착하는 성격이지만, 형편상 그럴 수 없는 것이리 라. 제르포는 그런 그녀에게 연민이 느껴졌다.

"부인과 따로 이야기하고 싶습니다만. 무종 씨에 관해서 요."

여인의 입가에서 핏기가 싹 사라졌다. 현관 벽에 손바닥 을 기댔고, 눈썹은 파르르 떨렸다. 떡 벌어진 어깨의 사내 가 그녀를 곁눈질하더니 고개를 살짝 기울인 채 제르포에 게로 몸을 돌렸다. 언제라도 덤벼들 준비가 된 황소 같은 모습이었고, 그 역시 입가가 하얗게 질렸다. 사내가 내뱉듯 말했다.

"이봐, 형씨, 엘리안이 그러지 말라니까 지금 참고 있는 거야. 근데 얼마나 더 참을 수 있을지는 모르겠군. 그러니 그만 귀찮게 하고 얼른 꺼져, 알겠나?"

"그만해, 이 사람이 아니란 말이야."

무종 부인이 그의 등에다 대고 말했다.

"아, 그래, 어……."

사내가 말했다. (그 모습이 꼭, 화가 난 눈 나쁜 사내가 눈의 초점을 맞추는 동시에 평정을 되찾으려 하는 것 같았다.) 그러자 제르포가 사내를 향해 말했다.

"생각해보니 말인데, 이쪽 분과 얘기하고 싶군요. 당신 말입니다, 가소비츠 씨, 맞나요? 가소비츠 씨랑 얘기하고 싶군요. 날 들여보내줘야 할 겁니다, 그러지 않으면 경찰에다 얘기할 테니. 그럼 별로 좋을 일이 없겠죠, 안 그렇습니까?"

가소비츠는 대답하지 않았다. 그는 고민에 빠졌고, 모종의 소음에 신경이 쓰이는 듯한 모습이었다. 하지만 소음이라고는 전혀 없었고, 층계참에는 죽음 같은 정적만이 흐르고 있었다. 이윽고 무종 부인이 말했다.

"난 당신이 누군지도 모르고, 알고 싶지도 않아요. 제발 절 좀 그냥 내버려두세요. 저 사람도 마찬가지고요."

갑자기 그녀가 눈물을 흘리기 시작했다. 싸구려 마스카라가 눈에 들어간 것이었다. 여인은 지치고 목멘 소리로 "젠장"이라고 중얼거리며 자그마한 두 주먹으로 마스카라를 닦아냈다. 그 틈에 제르포가 말했다.

"이렇게 층계참에 계속 있을 수는 없잖습니까."

가소비츠가 현관 안으로 물러서더니 그녀를 품에 안아

자기 어깨에 머리를 기대게 했다. 그녀의 머리카락을 부드
럽게 쓰다듬었다. 그러는 한편 조용히 성난 기색으로 제르
포를 바라보았다. 제르포가 아파트 안으로 천천히 들어섰
다. 가소비츠가 발로 문을 밀어 제르포의 등 뒤로 쾅 소리
나게 닫았다. 그가 여인에게 속삭였다.

"자기야, 침실에 가 있어."

무종 부인이 침실로 가버렸다. 가소비츠는 내열 플라스
틱 탁자가 자리한 주방에 제르포를 들였다. 그 짙은 푸른색
눈으로 이 미지의 방문자를 계속해서 쏘아보았다. 제르포
는 앉으라는 얘기를 듣기 이전에 그냥 자리에 앉았다. 그는
자신이 엄청나게 땀을 흘리고 있음을 깨달았으며, 이는 작
은 공간의 사방에 깔린 열기 때문이었다.

"젠장! 이럴 줄은…… 이런 걸 예상했던 건 아니었습니
다. 부인이 당신에게 얘기했었죠? 그러니까, 맨 처음에 왔
던 게 누굽니까? 지난번에 왔던 자 말입니다, 까무잡잡한
젊은이 맞죠? 파란 눈에 검은 곱슬머리 남자. 그리고 뻐드
렁니에 키가 큰, 좀 더 나이 든 사내도 왔었죠?"

제르포의 말에 가소비츠가 대답했다.

"젊은 남자였소. 두 사람이 같이 왔지만, 젊은 쪽을 말하
는 거요."

"어제 그놈을 죽였습니다."

제르포가 불쑥 말했다.

"그 빌어먹을 놈의 대갈통을 박살 냈어요, 머리를 깨 죽였다고요."

그렇게 말하고서 망연자실해진 제르포가 돌연 울음을 터뜨렸다. 내열 플라스틱 탁자에 두 팔을 구부린 채, 손목 근처에 이마를 대고서 신경질적으로 흐느꼈다. 눈물은 곧바로 멈췄지만 그 상태로 몇 분간 달달 떨며 과호흡을 했다. 목구멍에서 브라질 악기 소리 같은 것이 흘러나왔다.

가소비츠가 그의 어깨를 무뚝뚝하게 쳤다.

"한 잔 마시지."

제르포가 몸을 일으켜 세우고는 가소비츠가 건넨 잔을 움켜쥐었다. 물을 전혀 타지 않은 리카르 위스키 6센티리터를 단숨에 들이켰다. 목구멍이 타는 듯 뜨거웠고, 알코올이 뜨겁고 우툴두툴한 작은 알이 되어 수축된 식도 안을 천천히 내려가는 것이 느껴졌다. 가소비츠가 식탁 의자에 가만히 앉아 오른 다리를 왼 다리 위에 올려놓았다. 제르포의 눈길이 남자의 질 나쁜 구두에 머물렀다. 그리고 지금 이 순간, 자신이 출구로 달려간다면 가소비츠는 자리에서 일어나지도 않은 채 오른발로 자신의 얼굴에 한 대 먹일 것이라고 확신했다.

제르포가 말했다.

"물론, 놈들이 무종을 죽였습니다. 놈들은 무종 부인이 뭔가 아는 게 있는지 확인차 이곳에 왔죠. 뭔가 알고 있었다면 역시 놈들의 손에 죽었을 겁니다. 놈들이 그 점만큼은 철저하게 확신했던 것 같군요. (그가 입술을 앙다문 가소비츠를 흘낏 쳐다보았다.) 그쪽은 무슨 관계죠? 물론 저분의 애인이겠죠. 사건이 벌어진 후에 만난 사이겠고요. 이봐요, 난 놈들이 저분에게 무슨 짓을 저질렀는지 알고 싶지 않아요."

"그렇겠지."

가소비츠가 평소의 대화 조로 말했다.

"이봐요, 도로에 쓰러져 있던 무종 씨를 데려온 남자가 바로 납니다. 난 교통사고를 당한 줄만 알았어요. 내가 그 사람을 병원에 데려다 놓았어요. 그리고 놈들이 나를 찾아냈고. 쉬운 일은 아니었지만 나를 몇 차례나 발견했죠. 그리고 내게 최악의 짓을 저질렀고…… 음, 그게 최악이었는지는 모르겠지만. 그쪽이 바란다면, 상세한 얘길 해주겠습니다. 놈들의 배후가 누군지를 알아내야 합니다. 내가 무종을 돕는 걸 놈들이 봤어요. 내 차 번호를 적어뒀죠. 무종이 내게 임종의 말을 남겼다고 생각했던 것 같아요. 우스운 일이죠, 얼마나 상투적이에요. 그러니까……."

"상세한 얘길 해보쇼."

가소비츠의 말에 제르포가 대꾸했다.

"해보겠습니다."

그러고는 가소비츠에게 모든 이야기를 털어놓았다.

얘기를 하는 데 30분이 넘게 걸렸는데, 가소비츠가 질문을 자주 던졌으며 제르포는 그중 일부에 대해서는 대답할 수 없었기 때문이다. 가소비츠는 제르포가 어째서 경찰서에 가지 않았는지 알고 싶어 했고, 제르포는 성가시기 때문이라고 대답했다.

"아무리 그래도 그렇게 곧바로 달아날 수 있는 거요?"

"그래요, 맞습니다. 나도 설명할 수가 없어요, 스스로도 이해가 안 된다고."

"세상만사에 넌더리가 난 거로군."

"그게 그렇게 단순할 수도 있는 걸까요?"

"그럼."

가소비츠가 말했다. 그리고 그는 두 살인자가 주유소에서 제르포와 마주친 뒤 뻐드렁니 남자가 불타 죽었을 때 대체 무슨 일이 일어났던 것인지 알고 싶어 했다. 하지만 제르포는 그 부분도 설명할 수가 없었다.

이윽고 엘리안 무종이 예쁘장한 얼굴에 피폐하고 지친 기색이 가득한 채 상황을 보러 왔다. 그러자 가소비츠는 나중에 설명하겠다고 부드럽게 말하며 그녀를 돌려보냈다.

마침내 제르포가 말했다.

"자, 이제 얘기는 거의 다 한 것 같군요. 이 정도면 됐습니까?"

"뭐, 그런대로."

가소비츠가 투덜거리듯 대답했다. 제르포는 물을 탄 리카르를 조금 마셨다.

"왜 그쪽한테 내가 이 얘길 다 털어놓은 건지 모르겠군요. 난 이 두 놈의 배후를 알아내고 싶습니다. 하지만 그쪽은 아무것도 모르고……. 무종 부인 역시 모르기는 마찬가지고요. 그렇지 않다면 놈들이 부인을 멀쩡히 두지 않았을 테니까요. 게다가……."

"나도 찾아내고 싶소."

가소비츠가 제르포의 말을 잘랐다.

"그래요, 하지만 아무것도 모르잖습니까, 어째서……."

"오당."

가소비츠가 또다시 말을 잘랐다.

"네?"

"필리프 오당. 무종과 함께 법률고문으로 일했던 자요. 말하자면 이 둘은 불쌍한 인간들을 협박해 빚을 받아내는 데 전념했소. 그럴싸한 공문에 법적인 술수를 써가면서 말이오."

"채무 회수 말이군요."

"뭐 그런 셈이지. 그보다 더 더러운 짓거리라고 할까. 놈들은 온갖 유의 일에 뛰어들었소. 사람들에 관해 정보를 찾아낸 뒤 서비스를 제공했지. 무슨 말인지 아시겠소? 무종은 한때 경찰이었는데, 그건 알고 계셨나?"

"몰랐습니다."

"전직 경찰관이었소. 분명한 사실이지. 제명당한 거랄까, 뭐라고 하는지는 정확히 모르겠지만 무종은 짭새였을 적 강간 사건으로 고발당했지. 하지만 사면된 덕분에 사무소를 차릴 수 있었고. 오당 그자는 정확히는 모르겠지만 무종의 정보원이라든가 뭐 그런 거였던 것 같더군. 그리고 무종이 경찰을 그만두자 둘이서 동업을 시작한 거요. 이해가 되시나?"

"네."

"그리고 오당은 무종이 죽은 지 얼마 후에, 아니 다음 날에 심각한 사고를 당했지."

"죽었습니까?"

"아니."

"만나볼 수 있을까요?"

"제르포 씨, 내가 당신을 그자에게로 데려다주지. 나도 동행할 거요. 잠시 시간을 줘요, 엘리안이 걱정하지 않도록 당부하고 올 테니까. 하지만 나도 당신과 함께 가겠어. 얼마든지 그럴 수 있고. 요즘은 일을 안 하고 있거든. 그리고 그래야만 해요. 아시겠소, 당신과 함께 가야만 한다고."

"좋습니다, 좋아요. 그러자고요."

제르포가 말했다.

22

두 사람은 필리프 오당을 찾아냈다. 현재 오당은 셸의
어느 불결한 양로원에 있었고, 신체 불구에 반벙어리 신세
로 전락했다. 다섯 개 동으로 이루어진 양로원 어느 동 2층
의 초라하고 깜깜한 병실에 묵는 중이었다. 안마당에는 선
녹색 어린잎이 가득 달린 밤나무들 아래로 자갈과 개똥이
마구 뒤섞여 있었다. 필리프 오당은 52세였지만 겉보기에
는 70세, 아니 100세도 더 넘어 보였다. 휠체어에 앉아 있
었다. 마비된 두 다리에 체크무늬 담요를 덮었다. 무종 &
오당 사무실 창문에서 떨어져서 척추가 부러졌다. 추락하
기 전후로 목에도 강한 충격을 받았다. 인두(咽頭)가 박살
났다. 오당은 기관절개술과 그 외 다양한 수술을 받았다.
그는 지체 부자유 신세가 되었고 성대가 파열되었다. 남은
수단이라고는 목소리를 과학적으로 재활하는 것뿐이었는
데, 오당은 치료비를 댈 만한 형편이 되지 않았다. 그렇지
만 어느 미국 서적에 담긴 지침을 따라 횡격막과 기관을
복잡하게 수축해가며 다시금 체계적인 소리를 낼 수 있게
되었다. 그렇게 만들어진, 플루트 소리나 타이어의 바람
빠지는 소리 비슷한 다 쉬어빠진 목소리는 프랑수아 모리

아크*과 롤랜드 커크**를 동시에 연상시켰다.

오당은 윤이 반질반질 나는 얇은 양복에 목이 넓게 파인 누리끼리한 나일론 셔츠를 입었고, 머리에는 베레모를 썼다. 이가 다 빠져 있는 입 주변이 온통 갈라진 데다 허연 주름으로 가득했다. 안경테는 초록색에 머리털은 노르스름했다. 전반적인 외관이 비참하기 그지없었다.

제르포와 가소비츠는 쉽사리 그를 찾아낼 수 있었다. 양로원 사무실에 문의를 하자, 뺨이 쑥 들어가고 겨드랑이 주위가 둥그렇게 젖은 데다 까치집 머리를 한 뚱뚱한 여자가 딱히 묻지도 않고선 곧바로 안내해주었다. 사실상, 이 양로원에 거주하는 노인들은 자력으로 지내도록 방치된 채였다. 양로원 측에서 해주는 일이라고는 병실을 청소해주고, 한 달에 두 번 침구를 교체해주며, 거동이 자유로운 이들에게는 구내식당에서 식사를 제공해주고, 그렇지 못한 이들에게는 병실로 가져다주며, 용변을 가리지 못하는 이들을 꾸짖는 것이 전부였다.

진짜 난제는 제르포와 가소비츠가 오당의 병실에 들어선 이후에 등장했다. 오당이 담요 아래서 소형 권총을 꺼내 두

---

*   프랑스의 소설가로 노벨문학상을 수상했다. 쉰 목소리로 유명하다.
**   색소폰 연주자.

198

사람에게 겨누었던 것이다. 7.65구경 자동권총의 손잡이에 VÉNUS라는 단어가 대문자로 새겨져 있었다.

"저기, 진정해요. 우린 사회보장국에서 나왔어요."

가소비츠는 그렇게 말하며 빈 우산걸이를 집어 들었다. 그의 팔이 공기를 가르자 우산걸이가 오당의 손아귀에서 소형 권총을 쳐냈다. 권총이 지저분한 카펫 위로 후드득 날아갔다. 이내 가소비츠가 한 발 앞으로 나가더니 권총을 발로 차 침대 아래로 밀어 넣었다. 오당이 휠체어를 움직였고, 삐걱대고 끼익거리는 소리, 거친 숨소리를 내며 뒤로 물러섰다. 황급히 벽에 등을 밀착시켰다. 곧이어 제르포와 가소비츠가 대수롭잖은 용건을 밝혔다. 적어도 오당이 알아야만 하는 사실에 관해서. 그리고 오당은 상대가 알길 바라는 내용을 알려주었다.

이 과정은 상당히 빠르고도 단순하게 진행되었다.

"싫어. 무서워."

대화를 하던 중 노인이 타이어 바람 빠지는 소리로 대답했다. (그리고 사실 이 말은 "시러…… 무셔……"처럼 들렸다. 그러나 이때에는 제르포와 가소비츠가 노인이 내는 소리를 어느 정도 편안하게 알아듣는 시점에 와 있었다.) 그러자 제르포가 말했다.

"이제 놈들은 당신에게 더는 아무 짓도 할 수 없습니다."

"하…… 할고 시퍼……."

"자기는 살고 싶다는군."

가소비츠가 풀이해서 말했다. 그 말에 제르포가 다시 오당에게 말했다.

"들어봐요, 오당, 그 맘 이해가 갑니다. 그래서 나도 놈들에게 무슨 일을 당했는지 털어놓은 거요. 그러니 말해주지 않으면 내가 당신을 죽일 거요. 이 두 개자식의 배후를 말해요. 안 그럼 내가, 지금 이 자리에서 당신을 죽일 거니까. 알겠습니까? 어, 내 말이 안 믿어지나 보군요?"

오당이 잠시 고민해보고선 세차게 고개를 끄덕이더니 종이와 연필을 달라고 했다. 그는 수첩 네 페이지를 좁쌀만한 글씨로 빽빽이 채웠다. 가끔씩 제르포와 가소비츠가 끼어들어 더 구체적으로 작성하라고 요구하기도 했다. 마침내 작성이 끝났고 모든 것이 명확해졌다. 제르포가 네 페이지의 수첩 종이를 주머니에 집어넣으며 오당에게 말했다.

"당신에게 불똥이 튀지 않도록 노력할 거요."

오당이 쉰 목소리로 간신히 대답했다.

"그…… 새끼……, 어? 살아 있……. (오당은 마비된 두 다리와 마비된 목을, 이내 형편없는 병실과 형편없는 바깥 풍경을 가리켜 보였고, 어렴풋한 손짓을 하며 자조하는 미소를 지어 보였다.) 죽여, 그 새끼, 죽여, 응?"

200

가소비츠의 지저분한 푸조 203에 탄 채, 두 사람은 외곽 순환도로를 우회하여 파리로 돌아갔다. 러시아워였기 때문에 도로가 꽉 막혀 한참이 걸렸다. 제르포와 가소비츠는 아무 말도 안 했고, 생각조차 하지 않았다. 오후 6시 45분경, 서부 고속도로에 접어들었다. 샤르트르 분기점을 지나자 빨리 달릴 수 있었다. 제르포가 203의 바닥 위, 자기 발치에 놓여 있던 천 가방을 열었다. 그 안에서 베레타 자동권총과 소음기를 꺼냈다. 그는 잠시 동안 무기를 조작해보며 작동법을 익혔다. 203이 묄랑에서 고속도로를 빠져나왔다. 가소비츠가 이 시간에도 문을 닫지 않은 잡화점 앞에 차를 세우더니 밖으로 나가 가게에 들어갔다. 그는 설거지용 고무장갑 두 짝을 사 갖고 돌아왔다. 그중 한 짝을 제르포에게 주었다. 두 남자는 제각기 고무장갑을 본인의 겉옷 주머니 속에 쑤셔 넣었다. 203이 다시 출발해 마니앙벡생으로 향했다. 제르포가 말했다.

　　"당신은 어쩌면 엘리안 무종을 사랑할지도 모르겠습니다. 하지만 난, 저 위, 산에서 살해당한 여인을 사랑했던 게 아닙니다. 굉장히 아름다운 여성이긴 했지만……. (그가 말을 멈추더니 거의 1분간 아무 말도 하지 않았다.) 어쩌면 이렇게까지 화날 이유는 없을지도 모르겠습니다."

　　그가 마침내 말하자, 가소비츠가 말했다.

"잠깐 멈춰서 식사라도 하면서 고민해보면 좋겠소?"

"아닙니다."

"내가 당신을 어느 역에 내려다주고, 당신 무기를 내게 주는 건?"

"아니, 절대 아닙니다."

제르포가 말했다. 두 사람은 마니앙벡생을 가로질러 빌뇌유 마을 방향으로 접어들었다. 빌뇌유까지 10킬로미터 남은 곳에서 가소비츠는 203을 갓길에다 세웠다. 차 안에 앉아 아무 말 없이 두 사람은 밤이 오길 기다렸다.

23

주방에서 통조림과 과일로 저녁 식사를 한 뒤, 알론소는 아침 설거지가 이미 들어 있는 식기세척기 속에 지저분해진 접시를 넣었다. 샤프 오디오에서 쇼팽이 흘러나왔다. 알론소가 집 안을 한 바퀴 돌며 창문이 모두 제대로 닫혀 있는지 검사하는 가운데, 암캐 엘리자베스가 제 주인을 따라 종종걸음으로 달렸다. 알론소는 모든 창문 앞에서 일일이 멈춰가며 본인의 쌍안경으로 창문 너머를 바라보았다. 허리춤에는 권총집에 넣은 경찰용 콜트를 차고 있었고, 다 해진 카키색 반바지와 카키색 셔츠 차림이었다. 깊이 파인 셔츠 목깃 사이로 허연 가슴털이 들여다보였다. 그는 집 안을 조심스럽게 돌아본 다음, 모든 출입구를 다 조사했다. 굉장히 신중한 태도였다. 작년에는 자칭 사립 탐정이라는 두 놈이 마니앙벡생 부근에 거물급 미국인 사기범이 있다는 정보를 조사하다가, 순전히 우연하게 알론소에게 다다랐다. 그리고 그들은 알론소에 관해 상당량의 정보를 바지런히 긁어모았다. 알론소를 협박하려고 했다. 이에 알론소는 자신의 살인 청부업자들을, 말하자면 습관처럼 그들에게 보냈다. (그는 이미 카를로와 바스티앵의 재능을 자신의 익

명성을 지키는 데 사용한 바 있었다. 자신에게까지 거슬러 올라올 수 있는 인물 네 명을 두 사람을 시켜 죽였던 것이다.) 그리고 바스티앵과 카를로는 문제를 해결했다. 제르포만 제외한다면 말인데, 알론소에게 이 제르포라는 사내는 아주 거슬리고 우려스러운 수수께끼로 남아 있었다. 자신은 무종을 병원에 데려다주고 간 멍청이 같은 놈도 처리하라고 요구했었다. 그 이후 라디오에서 제르포와 카를로가 실종되었으며 바스티앵이 죽었거나, 그게 아니면 카를로가 죽었고 제르포와 바스티앵이 실종되었다는 소식을 들었다. 두 청부업자 중 누가 화재로 죽었는지 알 수 없었다. 열한 달이 지난 후 알론소는 모두가, 두 청부업자와 그 멍청이 모두가 죽었길 바랐다. 어쨌든 그 이후로는 아무 소식도 들려오지 않았으니 말이다.

알론소는 서재의 책상에 앉았다. 엘리자베스가 근처 카펫에 주저앉았다. 알론소는 파커 만년필로 한 시간 동안 회고록을 집필했다.

폭력은 종식돼야만 한다. 폭력을 종식하는 최선의 방법은 이 폭력에 전념하는 개인들을 그들의 사회계급을 막론하고 강하게 처벌하는 것이다. 이 개인들은 보통 소수에 불과하다. 바로 그렇기 때문에 나는 대의 민주주의야말로 원칙적으로는 최선의 국정 형태가 아닐까 싶었다. 그러나 안타깝게도 자유 국가들은 이러한 원칙에 따를 형편이 되지 못했는데, 공산주의자들의 국가 전복 기도가 자유국가의 조직 내에 침입해 타락과 부패를 만성적이고 지속적으로 야기하기 때문이다.

그는 자리에서 일어나 집 안을 또다시 돌며 사방의 덧문을 꼼꼼히 잠갔다. 해가 떨어졌다. 시각은 저녁 8시 15분. 샤프 오디오가 그리그의 곡을 집 안 곳곳으로 흘려보냈고, 디스크가 바뀌더니 이번에는 리스트가 들려왔다. 알론소가 클라우제비츠*의 두꺼운 저서를 들고선 2층으로 올라갔다. 욕조에 아주 뜨거운 물을 틀어놓은 뒤, 옷을 벗고는 인상을 찌푸리며 물속에 들어갔다. 욕조 옆 장식장 덮개에 권총을 올려놓았다. 불편해서인지 편해서인지 작은 한숨을 내쉬며 물속에 몸을 담갔다. 저녁 8시 22분, 저택 창고에 설치해둔 아주 강력한 경보기인 링스 경보기가 작동되기 시작했다. 제르포와 가소비츠가 저택 입구의 철책을 억지로 열고 들어왔기 때문이다.

알론소는 너무 놀라는 바람에 클라우제비츠의 《전쟁론》을 허벅다리 사이의 따뜻한 물속에 빠뜨리고 말았다. 그가

---

* 독일의 군인이자 군사평론가.

물보라를 튀기며 욕조 바깥으로 뛰쳐나와 권총을 움켜쥐었다. 손가락이 제멋대로 미끄러지는 바람에 권총이 바닥에 떨어졌다. 그는 무릎을 꿇고 권총을 주웠다. 저택 앞 버려진 정원에 도달한 제르포와 가소비츠는 1킬로미터 반경까지 들릴 법한 경보기 소리에 한순간 깜짝 놀랐다. 알론소의 저택은 마을의 다른 인가로부터 200미터가량 떨어져 있었다. 제르포는 불평하는 소리를 내며 서둘러 앞서 나갔다. 왼손에는 베레타 권총을, 오른손에는 입구 철책을 부술 때 썼던 타이어 레버를 쥔 채였다. 가소비츠는 잠시 머뭇거리다 제르포를 따라 걸음을 서둘렀다. 손에는 타이어 레버와 스위치를 꺼놓은 원더 손전등을 들고 있었다. 하늘이 완전히 어둡진 않았기에 앞이 잘 보였다. 제르포는 저택 정면에 도달해 타이어 레버로 덧문을 공격했다.

2층 욕실에서 알론소는 손에 콜트 권총을 쥔 채 몸을 일으켰다. 두 눈은 공포로 휘둥그레졌고 숨을 제대로 쉴 수가 없었다. 허옇고 투실투실한 몸에서 욕조 물이 뚝뚝 떨어져 내렸다. 현관문으로든 어디로든 달려가려는 듯, 갑작스럽게 움직였다 멈췄다 하기를 반복했다. 침울한 기색으로 입을 비죽이며, 그는 욕조 바닥에 떨어진 책을 기계적으로 집어 든 뒤 흔들어서 물기를 털어냈다. 그러고는 몸을 빙 돌려 책을 놔둘 장소를 찾아보았다. 경보기가 고막을 찢을 기세로 울리며 성난 소음을 일으키는 가운데, 1층에서 엘리자베스가 격하게 짖는 소리, 나무가 부서지고 유리가 깨져 나가는 굉음이 들려왔다.

제르포가 서재 덧문을 뜯어냈다. 그러고는 조심성 없이 창턱으로 몸을 끌어올려 창문을 발로 차서 깨뜨렸다. 서재 방에 전깃불이 켜졌다. 제르포는 격자형 창문 안으로 들어갔고 책상 위에 웅크려 착지했다. 불마스티프 암컷이 컹컹 짖으며 그의 목덜미로 달려들었다. 제르포가 개의 얼굴에 베레타 권총을 발포했다. 암캐가 옆으로 나동그라졌고, 벽에 부딪혀 큼지막한 핏자국을 남겼다. 개는 바닥을 구르더니 이내 몸을 일으켰고, 소름 끼치는 소리로 으르렁대며 다시 공격에 나섰다. 아래턱 일부가 사라졌고 남아 있는 턱은 완전히 부서진 데다 비뚤어졌지만, 엘리자베스는 책상 위로 뛰어올라 제르포를 물려고 했다. 그러는 동안 가소비츠가 창턱 위로 몸을 끌어 올렸다. 제르포는 개의 몸에다 총을 세 방 쏜 뒤, 개를 발로 걷어차 벽 아래의 바닥으로 내동댕이쳤다. 엘리자베스는 아직 목숨이 붙은 채로 몸을 뒤틀며 일어서려 했다. 제르포는 구토감이 치밀어 올랐다. 그가 토사물을 게워내며 책상 아래로 뛰어내렸고, 그 바람에 알론소가 회고록을 작성하던 얇은 종이 뭉치가 사방으로 흩날렸다. 그는 암캐에게 달려가 개의 머리통에 베레타의 총

구를 대고선 미친 듯이 방아쇠를 당겼다. 잠시 후 탄환이
모두 떨어졌다. 개가 죽었다. 구역질에서 벗어난 제르포는
권총의 탄창을 꺼낸 뒤 겉옷 주머니에 들어 있던 새 탄창으
로 갈아 끼웠다. 베레타 권총을 장전했다.

"맙소사."

가소비츠가 참혹한 학살의 현장을 보며 말하던 참이었다.

알론소가 서재에 느닷없이 나타났다. 한 손에는 리볼버
를, 다른 한 손에는 다 젖은 책을 든 채 온몸에서 물이 뚝뚝
흐르는 투실투실한 나체의 남자가. 그가 리볼버를 들어 올
렸지만, 제르포가 더 빨랐다. 남자의 배에 탄환을 관통시켰
다. 나체의 남자가 사잇문 문틀에 등을 기댄 자세로 털썩
쓰러졌다. 들고 있던 권총과 책을 놓쳤고, 얼굴을 찌푸리며
배의 총상으로 두 손을 가져갔다. 조르주 제르포가 말했다.

"난 조르주 제르포요. 그리고 당신은 알론소 에두아르도
라다메스 필리프 에메리크 이 에메리크겠고, 아닙니까?"

"아니, 그건 내가 아니오, 아니라고, 아야, 아야, 아프구먼."

알론소가 말하자 가소비츠가 말을 받았다.

"아니긴, 이자가 맞아."

"뭐라고?"

제르포가 가소비츠에게 물었다. 리스트의 음악은 말할
것도 없고, 시끄럽게 울려대는 경보기 때문에 소리가 잘 들

리지 않았기 때문이다. 그러자 알론소가 외쳤다.

"맞아! 맞다고! 그게 나야! 네놈들을 죽여버릴 테다! 네
놈들을 찾아낼 거야! 쓴맛을 보여주겠어!"

소리를 지르다 보니 기력이 다 떨어졌다. 그는 문틀에 머
리를 기대더니 작게 신음하기 시작했다. 제르포가 베레타
를 들어 올렸다. 가소비츠가 그의 팔을 잡으며 말했다.

"고통스럽게 죽게 놔두라고."

제르포가 팔을 내렸다. 벌거벗은 남자의 배에서 피가 흘
러내렸다.

"아니, 그럴 순 없지."

제르포가 말하고는 다시 베레타를 들어 올리고 앞으로
두 걸음 걸어 나갔다. 그리고 알론소의 머리를 한 방 쏴서
깨끗이 목숨을 끊었다.

가소비츠와 제르포가 서로를 바라보았다. 두 사람은 경
보기가 여전히 울리는 중이라는 사실을 갑작스레 기억해냈
고, 여기서 계속 미적거려서는 안 된다는 사실도 떠올렸다.
두 사람은 차례로 책상 위에 올라가 창턱을 넘었고 방치된
정원 바닥으로 뛰어내렸다. 수풀 덤불과 관목 따위에 발부
리를 부딪혀가며 입구 철책까지 달려갔다. 입구 철책 앞 도
로에는 손전등을 든 세 남자들과 작업복에 베레모나 캡 모
자 따위를 쓴 마을 농부들이 와 있었다.

"무슨 일입니까?"

사람들이 저택에서 나오는 제르포와 가소비츠에게 물었다. 두 사람은 그들을 힘껏 밀친 뒤 도로 위를 달리며 도망쳤다. 그러자 농부들이 외쳤다.

"멈춰! 도둑이다! 도둑이다!"

제르포와 가소비츠는 오래된 푸조 203을 주차해둔 비포장길에 다다랐다. 심장이 쿵쾅대고 숨을 헐떡이는 가운데 차에 올라탔다. 농부들은 두 사람을 쫓아오지 않았고, 도로에만 신경을 곤두세웠다. 그들은 테일러 씨의 집에서 무슨 일이 일어났는지 확인하는 것이 급선무라고 보았다. 이후 우연히 헌병들에게 신고했다. 푸조 203이 농부들로부터 100미터가량 떨어진 비포장길을 후진하여 빠져나왔고, 곧바로 방향을 돌려 그들에게서 멀어지며 커브 길 너머로 사라져갔다.

"역겨웠습니다."

제르포의 말에 가소비츠가 대답했다.

"아니, 난 오히려 안도했다고. 엘리안의 원한을 갚은 셈이니까, 알겠소?"

"네, 그렇군요."

제르포가 단정적인 어조로 말했다.

잠시 후 두 사람은 고속도로를 타고 파리로 향했다. 파리에 도착하자, 제르포는 가소비츠에 자신을 이탈리아 광장 근처에 내려달라고 청했다. 밤 10시 15분이 조금 넘은 시각, 가소비츠가 그를 광장에 내려주었다. 두 남자는 악수를 했다. 203이 가버렸다. 제르포는 본인의 집 바로 근처에 있었다. 그는 걸어서 아파트로 갔고, 엘리베이터를 타고 자신의 층으로 올라가 초인종을 눌렀다. 베아가 문을 열어주었다. 제르포를 발견한 베아의 눈이 휘둥그레지더니 입이 쩍 벌어졌다. 소스라치게 놀란 채, 손으로 입을 가렸다. 제르포가 말했다.

"다녀왔어."

24

베아가 목멘 소리로 들어오라고 말하자, 제르포는 여전히 변함없는 거실로 들어갔다. 주의 깊은 얼굴, 그러면서도 무언가에 정신이 팔려 있는 얼굴이었다. 그는 기계적으로 4채널 오디오를 작동하고는 리 코니츠와 원 마시의 듀오 앨범을 턴테이블에 올려놓았다. 그러고선 소파에 가서 앉았다. 베아가 거실 입구에 서서 그를 지켜보았다. 갑작스레 몸을 돌려 주방으로 가더니 잠시 벽에 기대섰다. 무언가 말하는 것처럼 턱이 달달거렸지만 아무 말도 나오지 않았다. 그러고는 얼음을 가득 채워 페리에를 부은 커티삭을 제르포에게 가져다준 뒤, 커티삭 스트레이트를 본인의 몫으로 가져왔다. 제르포가 고맙다고 말했다. 티 테이블에 놓여 있던 신문을 뒤적였다. 보르도의 퇴임 수학 교사인 체스 파트너가 여섯 달 전에 보낸 엽서도 있었다. 파트너는 흑의 일곱 번째 수(여왕 말을 c7 칸으로 이동)에 대해 적절한 시기 내에 답이 오지 않았으므로 제르포가 부전패했다고 여길 수밖에는 없다는 뜻을 적어 보냈는데, 그 신중한 표현 이면에서 짜증이 느껴졌다. 제르포가 고개를 들었다.

"뭐라고 했어?"

"당신, 어디 갔다 왔냐고."

베아가 낮게 가라앉은 목소리로 말했다.

"모르겠어."

"당신한테서 토 냄새가 나. 바지에도 토한 게 묻어 있잖아. 온몸이 더럽다고. (그녀가 오열하더니 제르포가 앉은 소파로 달려가 그를 품에 안고는 꽉 껴안았다.) 아, 여보, 여보. 자기야, 대체 어디 있었던 거야?"

"하지만 사실인걸. 모르겠어."

제르포가 말했다. 이후에도 그는 그 입장을 고수했다. 자신은 모르겠다고 단언했다. 기억상실증이라는 단어를 처음 입 밖에 낸 사람이 제르포 본인은 아니었지만, 이제는 그 주제가 다시 도마에 오를 때면 자신은 기억상실증이었다고 거침없이 말했다. 그 말을 믿는다면, 그는 담배를 사러 생조르주드디돈의 숙소를 나선 7월의 어느 밤에서부터, 바지에 토사물을 묻힌 채 집 주소 근처를 방황하다가 발견된 이날, 5월의 어느 밤까지 무슨 일을 겪었는지 기억을 전혀 못했다. 제르포의 이야기에 신빙성을 제공했던 것은 머리에 난 흉터였다. 탄환이나 둔기 따위에 맞아 생길 법한 흉터였으며, 그로 인해 뇌에 큰 충격이 야기되었을 터였기 때문이다.

제르포는 경찰과 예심판사에게 수차례 심문받았다. 사

실, 바스티앵과 젊은 주유소 직원이 죽었을 때에 이미 예심이 한 차례 열렸었다. 제르포는 자신이 타우너스를 빌렸고, 참변이 벌어지는 동안 주유소에서 받은 충격으로 기억상실증에 걸렸을 수도 있다는 점을 시인했다. 그렇다면 역행성 기억상실증인 셈인데, 의학적으로 드문 사례는 아니었다. 또한 리에타르가 증언할 경우, 제르포는 자신이 그를 만나러 갔었다는 사실을 기억하지 못하며, 그들이 나눴던 대화 내용뿐 아니라 살인 청부업자들에 관한 그 해괴한 이야기 역시 전혀 생각나지 않는다고 말할 셈이었다. 하지만 그럴 필요도 없었는데, 왜냐하면 리에타르는 신문을 읽지 않았고 라디오도 거의 듣지 않았으며 관심 있는 것이라고는 영화뿐이었기 때문이다. 리에타르는 아무런 증언도 하지 않았으며, 제르포가 7월부터 5월 사이에 비밀스럽게 실종되었다는 사실을 몰랐고 오늘날까지도 여전히 모르고 있다.

필리프 오당은 8월에 죽었다. 한편 알론소 에메리크 이에메리크를 살해한 범인들이 달아나는 장면을 목격한 농부들은 아주 모호하고 쓸모없는 설명밖에는 늘어놓지 못했다. 따라서 알론소의 암살과 조르주 제르포를 연관 지을 수는 없었다. 게다가 5월 초 바누아즈에서 발생한 알퐁진 라귀즈-페로네 및 에드몽 브롱이라는 이름으로 된 위조 운전면허증 소지자의 살해 사건과는 제르포를 연관 지을 생각조차 못 했으며, 이에 관해서는 조르주 소렐이라는 자를 수색 중이었다. 제르포에 관해, 그리고 지난해 7월부터 올해 5월까지 그가 무얼 했는지에 관해 많은 이야기를 들려줄 수 있는 인물은 가소비츠뿐인데, 그가 모습을 드러내지 않을 만한 이유는 충분히 차고도 넘쳤다.

그러니 제르포의 입장은 난공불락이었고 본인도 그 사실을 알았다. 청년 시절에 좌파로 투쟁했던 만큼, 소싯적 그는 경찰과 취조 검사에게 저항하려 하는 이들에게 꽤 유용할 만한 수많은 서적과 체험담을 접한 바 있었다. 그리고 그는 경찰과 검사에게 저항했으며, 천진난만하고 사근사근하고 난처해하는 태도로, 아무것도 모른다는 자신의 입장을 절대 굽히지 않았다. 이에 상대방은 질문하려는 의지가 사라졌고, 심문 횟수가 점차 줄더니 나중에는 아예 중단되었다.

한편 제르포의 직장 생활로 말하자면, 위기를 겪었음에도 예전에 다녔던 그 회사의 임원직을 되찾을 수 있었다. 권한과 임금은 줄어들었지만, 제르포는 자신이 이상적인 근로자인 만큼 일정 수습 기간 후에는 실종 이전의 상황과 임금을 되찾을 거라고 믿어 의심치 않았다.

제르포가 부재했던 열한 달 동안, 베아는 배우자에게 절

조를 지켰다. 제르포가 다시 나타난 후에는 남편을 너무도 소중히 대했다. 그리고 얼마 후에는 건전하고 거리낌 없는 이전의 태도를 되찾았다. 아내와 남편 사이의 부부 관계는 더할 나위 없이 좋았다. 다만 제르포가 과음을 했을 때만 제외한다면. 그런 경우에는 제르포가 오르가슴에 도달하는 데 시간이 너무 오래 걸렸다. 이제 제르포는 스카치가 아니라 버번을 가장 즐겨 마셨다. 그의 취향 중 바뀐 것이 있다면 바로 이것뿐이었는데, 이는 9월에 바뀐 것이므로 실종의 영향으로 보이지는 않는다. 8월에 제르포 가족은 생조르주 디돈으로 휴가를 떠났고, 휴가용 숙소는 뜻밖에도 무척 근사하고 편안해 제르포는 투숙 기간 동안 매우 만족스러워했다. 한동안 베아는 남편의 내면에 감춰진 것을 알아내고자 제르포에게 정신분석을 받으라고 독촉했지만, 그는 고집스레 거절했고 베아는 낙담하여 더는 그 이야기를 꺼내지 않았다.

그러니 제르포에게는 모든 게 다 잘된 셈이다. 그러나 저녁 어스름이 깔릴 무렵이면, 포어로제스 버번을 과음하고선 수면제를 복용할 때가 있다. 그러면 잠드는 대신 씁쓸한 흥분감과 우울감에 빠져들었다. 특히 그날 저녁, 베아와 그다지 만족스럽지 못한 잠자리를 하고 난 후, 아내가 잠들고 나서도 제르포는 여전히 깨 있었다. 거실에 앉아 레니 니

하우스와 브루 무어, 햄프턴 호스의 곡을 들었고 포어로제스를 더 마셨다. 수첩에다가 자신이 예술가나 실천가, 모험가, 용병, 정복자, 혁명가, 그 외 수많은 인물이 될 수 있었을지도 모른다고 적었다. 그러고는 구두와 겉옷을 챙겨 입은 뒤 엘리베이터를 타고 지하 주차장으로 내려갔다. 생조르주드디동의 차고에서 열 달을 보냈던 만큼 제대로 된 검사가 필요했던 메르세데스에 올라탔다. 차는 멀쩡히 굴러갔다. 제르포는 포르트디브리에서 외곽순환도로에 들어섰다. 현재 시각은 새벽 2시 반, 아니 어쩌면 3시 15분. 제르포는 카세트 플레이어에서 흘러나오는 웨스트코스트 음악, 주로 블루스를 들으며 파리 주변을 시속 145킬로미터로 주행한다.

조르주 제르포의 상황이 어떻게 흘러갈 것인지 정확히 알 방도는 없다. 어떻게 흘러갈 것인지 전반적으로는 알 수 있지만, 정확히는 알 수 없는 법이다. 전반적으로는, 생산관계가 파괴될 것이다. 생산관계, 조르주가 이렇게 사념을 잠재우고 바로 이 음악을 들으며 외곽순환도로를 달리는 이유 말이다. 어쩌면 그는 늘 내비쳐왔던 인내심과 비굴함 말고도 또 다른 무언가를 내비쳐 보일지도 모를 일이다. 그건 있음 직하지 않은 일이지만. 언젠가 한번 모호한 상황에서 그는 파란 가득한 피투성이 모험을 경험했다. 그러고 나서 그가 찾아낸 할 일이라고는 가축우리 속으로 되돌아가는 것뿐이다. 이제는 우리 속에서 가만히 기다리고 있다. 우리 속에서 조르주가 파리 주변을 시속 145킬로미터로 달리고 있다는 것은 그저 조르주가 자신에게 속한 시공간에 자리해 있다는 사실 이상도, 이하도 아니다.

옮긴이의 말

  '프랑스 범죄문학의 거장이자 마법사.' '범죄문학의 예술
적 대가.' 장파트리크 망셰트(1942~1995)의 이름을 거론할
때 흔히 따라오는 수식 어구다. 망셰트는 말초적 쾌락만을
제공하던 B급 누아르를 인간 조건과 프랑스 사회에 관한
실존적 탐구를 통해 (그 자신의 표현을 빌리자면) '이 시대
의 가장 위대한 윤리 문학'으로 끌어올린 장본인으로 일컬
어진다. 그의 철학적 범죄소설들은 최근 영미권에서 재조
명받고 있을 뿐 아니라 할리우드 제작자들의 높은 관심을
받는 중이기도 하다. 불과 10여 편의 짤막한 소설들로 프랑
스 범죄문학을 근간부터 뒤흔들어 완전히 재창조했다는 평
가를 받는 망셰트의 대표작 《웨스트코스트 블루스》가 이제

야 국내에 첫선을 보이게 되었다.

《웨스트코스트 블루스》는 사십대 중년 남성의 평범하기 그지없는 삶이 돌연 총성과 폭력, 살인으로 얼룩지는 '일상 속 폭력'을 잘 보여주는 작품이다. 일견 너무나 안전하고 평화로워 보이는 우리의 일상이 얼마나 쉽게 부서지고 변질될 수 있는지 말이다. 이 작품의 배경인 1970년대는 수정자본주의와 신자유주의가 태동했던 시기로, 소설의 주인공 '제르포'는 이 역사적 변화로 말미암아 불어닥친 급변의 파도를 온몸으로 겪은 현대인의 초상이다. 한 인간의 개성이 거세된 채 거대 기업의 톱니바퀴로 일하는 것이 당연시되는 각박한 세상. 과도한 경제적 부담감과 심리적 스트레스로 마음은 점점 더 공허해지기만 한다.

당신은 내가 저지른 이 소박한 일탈을 이해할 수 없겠지. 솔직히 말하자면, 나조차도 잘 이해가 안 돼. 나중에 설명할게. 분명 정신적 스트레스 문제인 것 같아. 난 늘 필사적으로 싸워왔어. 그런데 대체 무얼 얻겠다고 이러는 걸까? (중략) 올해는 특히 힘들었어, 전력투구했다고. 가끔은 우리가 모든 걸 다 내려놓고선 산에 올라가 채소를 기르고 양을 치며 살았으면 싶기도 해.

어느 날 그런 제르포의 쳇바퀴 같은 삶에 비일상적인 폭력이 불현듯 스며든다. 그런데 여기서 제르포에게 폭력을 행사하는 주체는 대단한 악당이거나 사이코패스 따위가 아니다. 사람의 목숨을 빼앗는 짓을 아무 죄책감 없이 저지르는 살인 청부업자이긴 하지만, 이들도 다른 누군가에게 고용되어 일하는 자본주의의 노예에 불과하다(게다가 이들의 넘치는 허당기와 덤앤더머 같은 대화는 이 작품에 블랙 코미디적 색채를 더한다). 더불어 이들의 고용주 역시 현대사의 급변 속에서 근근이 목숨을 이어나가는, 애처롭기 짝이 없는 생활을 영위하는 무력한 노인일 뿐이다. 망셰트는 우리 사회의 얇디얇은 안전망 바깥으로 밀려난 평범한 사람이 얼마나 끔찍한 폭력을 저지를 수 있는지, 직접 마주한 '악의 주동자'가 실제로 얼마나 나약한 존재일 수 있는지 보여주는 것이다.

그렇지만 이러한 의미적 측면을 넘어서서, 《웨스트코스트 블루스》는 무엇보다도 독서의 쾌락이 무엇인지를 여실히 느끼게 해주는 걸출한 장르소설이다. 페이지를 넘길 때마다 독자의 심장을 쫄깃하게 만드는 기막힌 필력이야말로 이 작품을 걸작의 반열에 올려놓는 요소가 아닐까. 작품 첫 장에서 주인공의 심리상태를 느릿하니 묘사하다가 돌연 "조르주가 올해 최소 두 명을 죽였다는 사실은 고려 사항이 아니다"라는 문장을 툭 던진다든가, 알론조의 배경 이야기가 살짝 지루해질 즈음 "엘리자베스, 조르주 제르포는 이 암캐 역시 죽여버렸다"라는 충격적 사실을 아무렇지 않게 내뱉으며 한 챕터를 마무리 짓는 것이 그 한 예다. 독자와 '밀당'을 하는 듯한 조련성의 문장들, 영화적 내러티브 기법을 이용해 시점을 앞뒤로 오가며 독자를 혼란스럽게 만드는 기법은 읽는 이에게 날 선 긴장감을 선사한다.

이처럼 매우 독특한 지점에 선 소설이니만큼 《웨스트코스트 블루스》는 번역자에게도 일종의 도전 과제였다. 망셰트는 1970년대 프랑스의 모습을 설명하기보다는 대중음악, 영화, TV 시리즈, 상품 브랜드 따위의 문화적 코드를 홍수처럼 퍼부어 체감시키는 작가다. 그러한 수많은 코드를 처리하는 데 옮긴이주 삽입과 가독성 사이의 균형을 찾는 것이 쉽지 않았다. 또한 대실 해밋을 연상시키는 망셰트 특유의 건조하고 냉철하며 (불필요한 것은 단 하나도 남김없이 잘라내) 극도로 간결한 문체는 또 다른 도전 과제였다. 한국어와 프랑스어 간의 문법적 거리 때문에 어쩔 수 없이 도치하고 잘라야 했던 부분들이 있기는 했지만, 원서의 느낌을 최대한 보존하기 위해 많은 노력을 기울였다. 그 고민과 노력의 흔적이 독자 여러분에게도 느껴지기를 바랄 뿐이다.

그럼에도, 이 근사한 소설을 번역하는 것은—그 모든 고민의 시간이 달콤한 고통처럼 느껴졌을 정도로—그 자체로 크나큰 기쁨이었다. 내게 《웨스트코스트 블루스》는 살 떨리는 긴장감, 입체적이고 매력적인 캐릭터, 자꾸만 음미하게 되는 매력적인 문장, 강렬한 독서적 쾌감까지 어느 하나 놓치지 않는 '종합선물세트' 같은 작품이었다. 번역가로 지내며 그 자체로도 훌륭한 작품인 동시에 개인적 취향에도 꼭 들어맞는 작품을 만나기란 하늘의 별 따기와도 같은 일이 아니던가. (이 작품의 안티히어로 제르포가 게걸스레 탐닉하는) 재즈처럼 쿨하며 버번위스키처럼 독한 향을 풍기는 이 매력적인 소설이 독자 여러분의 뇌리에도 오래도록 남으리라 확신한다. 마지막까지 세심하게 졸고를 바로잡아주고 멋진 책으로 탄생시켜준 은행나무 편집부에 감사의 마음을 전한다.

박나리

웨스트코스트 블루스

1판 1쇄 발행 2020년 6월 10일

지은이 · 장파트리크 망셰트
옮긴이 · 박나리
펴낸이 · 주연선

총괄이사 · 이진희
책임편집 · 심하은
표지 및 본문 디자인 · 김지수
책임마케팅 · 강원모
마케팅 · 장병수 김진겸 이한솔 이선행
관리 · 김두만 유효정 박초희

(주)은행나무
04035 서울특별시 마포구 양화로11길 54
전화 · 02)3143-0651~3 | 팩스 · 02)3143-0654
신고번호 · 제 1997-000168호(1997. 12. 12)
www.ehbook.co.kr
ehbook@ehbook.co.kr

잘못된 책은 바꿔드립니다.

ISBN 979-11-90492-75-1 (03860)